1

Née en 1962 à Lille (59), je suis
Comportementaliste éducateur
 canin.

A l'ombre du figuier, près du courant
de l'onde,
Loin de l'oeil de l'envie et des pas des
humains,
Je bâtirai pour toi un nid parmi le
monde,sur cette planète qui desormais
sera tienne !

Ma passion : mes chiens, et ceux des
autres.

Auteure romancière depuis peu,

j'ai découvert qu'écrire
 c'est comme une randonnée, tu sais

que tu dois rester sur le chemin balisé.

 Lire c'est un bienfait étroitement lié à la connaissance. Plus on lit, plus on découvre de nouveaux mots, et plus il y a de chances de les employer dans son langage quotidien.
La lecture m'a apporté de l'inspiration.

Du même auteur :
Ces regards qui ont changé ma vie.
Le combat d'une femme pour vivre.
Mental d'acier.
Une seconde vie.
Marco le chien surdoué.
Le géant velu tome 1.
Marco chez les loups.
Marco et ses amis,
Marco le chien surdoué,
Gost And Spirits,

Souvenez-vous du géant velu tome 1
"Voudrais-tu venir avec moi,

rechercher une preuve de l'existence d'une créature géante et velue ?" La question, au début, fit un peu peur à Laurence.
"Je vais y réfléchir." Avait-elle répondu à Dave ?
"Oui, mais c'est demain la recherche, il y aura du monde, nous ne serons pas seuls." Dit-il
"Alors la prochaine fois peut-être." Avait-elle répondu ?

Le géant velu tome 2

Laurence et James passèrent leur voyage de noce à découvrir Hong-Kong.
 Ils visitèrent Victoria Peak, traversèrent la baie à bord du Star Ferry, découvrirent l'incroyable Hong

Hong Park,
le Temple de Wong Tai Sin, puis le
Bouddha de Tian Tian, sans oublier le
Marché nocturne de Temple Street

Il n'y avait pas de géant velu à
rechercher à Hong-Kong. Deux
semaines qui passèrent vite. Hong-
Kong est immense et pour ne rien
oublier,
ils avaient pris soin
 de se faire accompagner d'un guide.

L'heure du départ sonnait, il fallait
rentrer.
Le temps pluvieux venait saluer la fin
de ce séjour en asie.
Laurence et James en profitèrent,
 pour consulter leurs e-mails.
 Il y en avait un particulièrement
douloureux pour James.
 Son frère était décédé le lendemain de
leur départ pour Hong-Kong.
 En quittant l'aéroport, ils prirent la
voiture et passèrent chez un fleuriste
que Laurence connaissait bien.

Ils choisirent une magnifique
 gerbe composée de fleurs exotiques,
comme le frère de James les aimait.
 Ils se rendirent au cimetière pour lui
dire un dernier " au revoir " sur sa
tombe.

Laurence reçut une réponse
au courrier qu'elle avait envoyé
à sa sœur Rosia, pour
lui expliquer comment s'était
passé le mariage, son mariage .
La lettre portait la mention
" NPAI " (n'habite plus à
l'adresse indiquée) !
Laurence déçue :
" D'abord, elle ne vient
 pas à mon mariage,
mais ensuite, elle aurait déménagé ! "
James entra dans le bureau :
" Que se passe-t-il ? "
Laurence lui répondit en pleurant :
" Ma sœur Rosia a déménagé sans
m'en parler.
Je pense qu'elle voulait
vraiment vraiment couper les ponts. "

James la réconforta :
" Nous sommes seuls à présent. Mais
ce n'est pas grave, car nous nous
aimons très fort. Et si nous allions faire
une promenade à cheval ? Cela nous
fera du bien. "
Laurence reprit ses esprits :
" Oui, allons-y !"

Une fois les chevaux sellés, ils
partirent en empruntant les sentiers
qu'ils connaissaient bien,
pour ne pas se perdre.
Ils profitaient de la chance qu'ils
avaient de pouvoir se promener
à travers une si belle forêt.
Soudain, un homme sorti
de nulle part surgit devant eux en
hurlant.

James, surpris, se mit à crier :
" Hola l'ami !
Un peu plus et vous étiez piétiné ! Mais
que diable vous arrive-t-il ? "

Il mit pied à terre. L'homme lui
répondit :
" Je l'ai vu !
Qui ça ?
 Le singe géant ! Il était là, devant moi,
comme je vous vois ! N'y allez pas ! "
En prononçant ces mots,
l'homme affolé s'enfuit en courant
sur le sentier.

James remonta à cheval.
" Allons-y !"
Laurence était déjà au galop sur le
sentier où l'homme avait vu le géant
velu.
Laurence savait que désormais,
sa vie, son mari et les géants velus
seraient indissociables. Il fallait qu'elle
en prenne un en photo.
Laurence alerta James,
en lui montrant du doigt
des arbres vers lesquels ils se
dirigeaient :
" Regarde James !
Les arbres sont cassés à une grande
hauteur. Ce n'est pas un humain qui a

pu faire cela ! Continuons, il y a en
face de nous un passage, un sentier
très large. "

James lui répondit :
" Oui, il est très abimé. "

Laurence répliqua :
" Ils doivent être plusieurs ! "

Après de longues recherches,
 ils ne virent rien ni personne.

Déçue, Laurence rompit le
silence :" Zut ! Ce que je trouve
bizarre, c'est qu'Orla et Zébra ne sont
pas inquiets, alors qu'ils le sont dès
lors qu'ils entendent un sanglier.
James acquiesça :
" Effectivement,
 tu as raison.
C'est étrange. "

À mi-chemin, Sylvie et Jim qui

avaient abandonné le reste
du groupe, poursuivaient leur
progression.
L'épuisement se fit sentir, ils n'en
pouvaient plus.

Sylvie, en larmes, s'adressa à Jim :
" Nous tournons en rond depuis des
heures.
Je te l'avais dit que ce n'était pas une
bonne idée d'y retourner seuls. Il est
beau le scoop !

Jim la reprit aussitôt :
Hé ! Tu avais le choix.
Je ne t'ai pas menacée pour venir. Moi
aussi j'en ai marre.
Nous avons tout perdu, les caméras et
les GPS que ces idiots nous avaient mis
dans les sacs à dos. Pour couronner le
tout, nous n'avons plus d'eau, ni de
nourriture .Si nous restons au même
endroit,
l'hélicoptère viendra nous chercher de
toutes façons. Il faut juste nous trouver
un endroit en hauteur."

Préparation pour l'expédition.

La vie pour Laurence et James
reprenait petit à petit le cours où il
l'avait laissée, entre paperasse et
ménage pour Laurence.
Ils invitèrent toute l'équipe à dîner le
samedi soir, car James avait reçu du
matériel, et surtout les drones qu'il
fallait essayer pour s'y habituer. Après
le repas, ils passèrent la soirée à jouer
avec les drones comme des enfants.

Catherine fut la première à s'exprimer :
" C'est super sympa. "

Dave, fit part de son expérience :
Oui excellent. Il y a longtemps que je
ne me suis pas aussi bien éclaté. "

Il était près d'une heure du matin
quand
tout le monde était parvenu à maîtriser

les drones.

Laurence ajouta en riant :
"Même Catherine a réussi
à le poser sans l'exploser ! "

Le lundi matin,l'équipe
se retrouva au laboratoire,
pour mettre au point l'expédition
àvenir :
La recherche du géant velu.

James venait d'entrer et prit la parole
" Tout le monde est présent ?
Comme nous avons un peu plus de
mille sept cents mètres à parcourir
dans la montagne, pour ne pas perdre
de temps à marcher, je me suis dit que
nous pourrions prendre l'hélicoptère,
qu'en pensez-vous ? "

Dave :
" Super ! Cela nous laissera plus de
temps pour nos recherches. "

Catherine :

" Oui c'est génial. C'est une superbe idée.
N'est-ce pas Laurence ?
Wouah vue les yeux que tu fais,
dis moi ,
Tu n'aimes pas l'hélicoptère, tu en as peur, c'est ça ? "

Laurence :
" Oui, j'ai peur en avion ou en hélicoptère. "

James rassura Laurence :
" Ça ira ma chérie, je suis un excellent pilote... "

Laurence, surprise par ce propos :
" Parce que c'est toi qui vas le piloter ? "
James, en lui faisant un clin d'œil, ajouta :
" Oui tu verras,
je pilote tout en douceur.
Puisque tout le monde est d'accord, je poserai l'hélicoptère près du lac de la forêt bleue. "

En voyant Laurence pâlir, Catherine lui
demanda : " Tu ne va pas nous faire
un malaise ? "

James, rassurant, lui répondit :
" Non, ne t'inquiète pas. Je prendrai un
anti stress. Nous serons en expédition
pendant plus d'un mois,
selon l'évolution de l'opération.
Si vous avez des questions
ou des suggestions, je vous écoute. "

Dave demanda :
" Pour les canoës, aurons-nous des
gilets, car je ne sais pas nager ? "

James répondit à sa question :
" Oui, c'est prévu dans le paquetage
que j'ai acheté. Il y a même les fusées
de détresse au cas où. "

Catherine eut une question logistique :
" Pourrons-nous dormir
dans l'hélicoptère ? "

James lui apporta les précisions
attendues :   " Oui la première nuit,
ensuite nous aviserons.
L'hélicoptère est très large donc oui,
nous monterons nos tentes à l'intérieur
pour la première nuit.

Catherine fut alors rassurée :
Tant mieux, car nous serons en
sécurité au moins, enfin je parle pour
ce qui est des insectes bien sûr.

James poursuivit son exposé :
" Le plan est le suivant. Nous nous
poserons aux abords du lac, regardez.
Leur dit-il en leur montrant la carte. Il y
a une grande parcelle bien dégagée ici.
Une fois sur place, nous déploierons les
canoës. Nous serons plus discrets.
Nous nous arrêterons dès que nous
verrons un sentier très large, et nous
continuerons à pied. Nos caméras à
commande vocale serons portées
autour du cou pour ne rien rater de ce
que nous pourrions voir.

Tous les équipements sont
neuf :pantalons, blousons,
chaussures, sacs à dos,
le reste du matériel lui aussi est neuf.
Ensuite, il y a un espace sanitaire dans
l'hélicoptère, constitué,
d'un lit avec divers médicaments pour
les premiers secours. Laurence et
Catherine en feront l'inventaire et
compléteront ce qu'il manque.
Quant à nous messieurs, nous ferons
l'inventaire du matériel à prendre.
Tout l'équipement est prêt pour la
grande expédition, sauf les canoës qui
arriveront dans trois jours.
Cela nous laisse le temps de mettre en
place notre expédition. C'est décidé,
nous partirons le vingt-cinq août à huit
heures. Cela nous laisse deux
semaines
pour les derniers
préparatifs, comme la nourriture. Dave
est tout seul pour nous préparer de
bons petits plats. Si jamais vous avez
un peu
de temps libre à consacrer à la cuisine

cela le soulagerait un peu. "

Laurence se proposa :
" Moi, je suis dispo' les matins. Je peux l'aider le matin, car l'après-midi je le consacrerai au laboratoire. "

Catherine apporta également son concours :
" Pareil pour moi, puisque j'ai le même emploi du temps que Laurence. "

James confirma :
" Alors c'est parfait car moi, je suis nul en cuisine. "

Rex proposa en riant :
" Au pire, si nous n'avons pas assez de nourritures, nous pourrons toujours chasser et pêcher. "
James approuva la proposition de Rex :
" Eh oui, c'est une excellente idée. James. Je vais prendre des cannes à pêche. Tout est au top, nous pourrons partir ce lundi matin. C'est ok pour tout le monde ? "Toute l'équipe répondit

d'un " oui " à l'unisson. James était ravi, car l'équipe se serrait les coudes et surtout une très bonne ambiance régnait dans le groupe.

Le weekend, Laurence et James firent un pique-nique au bord de la mer. Il n'y avait pas trop de monde et Laurence connaissait un endroit un peu retiré, ou il y avait une table en bois avec des bancs, et une belle vue sur la mer. La veille, Laurence avait préparé une salade de pâtes avec des courgettes et poivrons grillés, du jambon de Parme, agrémentée de petits crottins de chèvre, assaisonnés avec un filet d'huile d'olive et quelques feuilles de basilic. Elle avait fait sa citronnade maison, à base de citron poivré. Pour le dessert, elle avait préparé des muffins chocolat et son coulis de cerise.

Le dimanche, ils décidèrent de sortir Zebra et Orla en promenade autour du lac, qui représentait plus de soixante kilomètres.

Laurence s'adressa à James :
" Les chevaux, eux aussi, ont besoin de
se dégourdir les jambes. "

James approuva :
" Oui, et ils adorent les grandes
balades. "

Ils firent un peu de galop, en s'arrêtant
de temps en temps. Le lac était joli à
cette époque, l'eau était d'un bleu
scintillant, et elle n'était pas trop
froide, car il n'y avait pas d'arbres
autour. Petit lac agréable en période
d'été, comme en période hivernale,
reconnut Laurence.

Laurence s'adressa à James :
" À trois kilomètres du village
Appalache, il y a un petit coin de
paradis. Tu connais ? "

James connaissait aussi la région :
" Oui, l'aménagement touristique ne
nuit pas à la beauté de ce petit lac

glaciaire ,
situé à 1452 mètres d'altitude.
C'est un petit écrin émeraude bordé de
sapins et de mélèzes, il est très
fréquenté par les randonneurs, les
amoureux de nature, mais surtout,
les pêcheurs à la mouche fouettée .
J'y venais souvent pêcher avec mon
frangin. "

La grande expédition.

Dylan était arrivé à sept heures. C'est
lui qui gardait les chevaux et la
maison. Cela permit à James de lui
donner certaines consignes comme la
nourriture et les médicaments aux
chevaux.

Dylan s'adressa à Laurence et à
James :
" Vous serez seuls là-bas. Faites
attention à vous, soyez prudents. "
Dylan les embrassa à tour de rôle.

James s'adressa à Dylan :
" Oui, de toutes façons,
 si nous ne sommes pas rentrés le dix
octobre, viens nous chercher
 avec l'armée. J'en ai déjà parlé
 au colonel Hunt. " Lui seul est
 au courant de notre sortie.

James et le reste de l'équipe ont
embarqué à bord de l'hélicoptère qui
les emmène vers le lieu de
l'expédition.
Après le décollage,
James qui est aux commandes
s'adressa aux passagers :
" Nous y serons approximativement
vers treize heures, nous avons
quatre heures de vol.
En arrivant, nous aurons le temps de
monter les tentes avant la tombée
de la nuit.
Nous commencerons
les recherches demain. "

Catherine discuta avec Laurence tout

le long du vol. Elle avait vu Laurence pâlir au moment de monter dans l'hélicoptère. Elle se souvenait de son frère qui était terrorisé à la simple vue d'un avion, et savait que cela était vraiment pénible pour eux. C'est pour cette raison qu'elle avait cédé sa place à Dave, celle à côté du pilote.

Catherine entama la conversation, peut-être pour distraire Laurence de son " mal de l'air " :
" Vous avez fait quoi ce week-end ? "
Laurence parvint à sortir quelques mots :
" Nous sommes allés au lac Caribou. "
Catherine ajouta :
" J'adore ce lac.
Mais je n'y suis jamais allée. "

Laurence :
" Ah bon ? Pourtant ce n'est pas loin. "
Catherine :
" Oui, mais par manque de temps, nous avons tellement
de choses à faire à la maison. "

Laurence :
" Ton mari ne va pas trop s'ennuyer ? "

Catherine :
" Non, je lui ai laissé de quoi s'occuper.
Il est comme moi, il adore se retrouver
seul, surtout qu'il a déjà du travail, il
avait la terrasse à refaire. Du coup, il
va en profiter pour l'aménager avec
mes plans, dit-elle en souriant. "

Dave interrompit la conversation par
une annonce au micro :
" Mesdames et messieurs,
nous sommes bientôt arrivés à
destination. Nous préparons
l'atterrissage. "
Catherine s'adressa à Laurence :
" Wouah ! Regarde,
comme c'est magnifique. "

Laurence en avait oublié son malaise
aérien :
" Oui, c'est superbe. C'est vraiment à
couper le souffle. "
Ils entendirent les conversations entre

le pilote et le copilote. Rex lui, avait le nez collé au hublot. Il avait dormi tout le long du vol.
Dave repéra une aire d'atterrissage :
" À droite, tu peux t'y poser. "
James commença la manœuvre :
" Et nous y voilà, dit-il dans le micro. J'espère que vous aurez su profiter de la vue. "

        Toute l'équipe descendit de l'hélicoptère prudemment, sans connaitre les lieux.
James fit une recommandation aux membres du groupe :
" Soyons prudents les amis. "
Laurence apporta une précision :
" Il y a des ours et des lynx, ce sont les deux espèces qui pourraient nous attaquer. "
Rex consulta sa montre :
" Il est treize heures quinze, si on faisait une pause-repas ? Moi, j'ai faim. "
Dave s'exécuta à la demande de Rex :
" OK, je sors la nourriture. "

Ils mangèrent assis à terre près de l'hélicoptère. Il ne faisait pas trop chaud. Le climat, légèrement tropical était agréable à ce moment de la journée,
 surtout à l'ombre des arbres qui apportaient une certaine fraîcheur à la moiteur ambiante.

Laurence fit une remarque :
" C'est bizarre, on n'entend aucun cri d'oiseaux. "
James apporta une explication sachant que son épouse
adorait les oiseaux exotiques :
"Ils ont été effrayés
par le bruit de l'hélicoptère,
 Ils vont revenir, dit-il. "
Le reste de la journée fut consacré à la mise en place du bivouac.
Les tentes étaient installées et cette fois-ci, Catherine devrait dormir seule.
Alors, Laurence avait acheté un panda en peluche et lui avait mis discrètement dans son duvet.
Alors que Catherine entra sous sa

tente :" Hé, c'est quoi ça ! Oh ! Une peluche. C'est toi Laurence,
qui a pensé à moi ? Demanda-t-elle.
Merci il est trop beau. Ajouta-t-elle en le câlinant.
La nuit fut paisible.
Au petit matin, après un solide petit-déjeuner, le groupe avait démonté le bivouac et s'apprêta à progresser dans cette région inconnue.
James reprit naturellement, la direction des opérations :
" Allons visiter notre nouvel environnement. "

Ils trouvèrent un sentier
qui mena directement au lac.
En arrivant au plan d'eau,
Laurence s'exclama :
" C'est chouette,
nous pourrons nous baigner !J'adore.
Dave partagea une observation :
" Vers le côté Ouest, il y a un sentier,
regardez ! Il a l'air bien dégagé. "
Rex apporta une précision :
" Oui, c'est un large sentier, mais il

n'est pas praticable.
"   Ils revinrent sur leurs pas.
Le soir commençait à tomber.
James expliqua,
le déroulement du lendemain :
" Nous serons un par canoë, et dès que
nous trouverons un large sentier, nous
laisserons les canoës sur la berge et
nous continuerons à pied. "

Le groupe poursuivit sa progression en
canoë sur le lac en longeant la rive.
Avant la tombée de la nuit, ils
installèrent un campement en
attendant le lever du jour. Après un
bon sommeil réparateur, e groupe se
réveilla et James fut le premier à
parler :
" Il n'y a eu aucun bruit cette nuit. "

Laurence avait apprécié
 ce repos bien mérité :
" Oui, j'ai même plutôt bien dormi. "

Dave et Rex étaient en train de faire le
café.

Rex accueillit Laurence avec une tasse
de café chaud :
" Bien dormi ? "
Oui, c'est même génial, dit-elle, il y a
longtemps que je n'ai pas passé une
aussi belle nuit. Et vous deux aussi ?
Nous étions justement en train de nous
faire la même remarque, dit Dave en
l'embrassant sur la joue. "

Catherine se leva la dernière.

" J'ai dormi comme un bébé avec mon
panda. "

James regarda sa montre :
" Il est huit heures, dèjà ? Oui
effectivement, nous avons bien dormi.
Tant mieux, nous avons du travail
aujourd'hui, dit-il en souriant. "

Les hommes s'occupèrent du matériel,
quant aux filles, elles se chargèrent
des médicaments et de la nourriture.
Laurence signala :

" C'est ok pour nous.
Nous sommes prêtes. "
Ils avancèrent doucement
 sur le lac en s'émerveillant de la
beauté des lieux.

Catherine était émerveillée :
" C'est splendide ! Tu as vu Laurence ?
Là-bas, en face...
Il y a un reflet des arbres dans l'eau.

C'est magique, lui répondit Laurence.
 Je prends des photos.
À droite ! Cria Dave. Regardez...
 Il y a un large sentier.
Oui, il a l'air vraiment grand. Stoppons
ici, dit James. "

Ils rangèrent les canoës,
et suivirent le sentier.
" Il y a du passage, fit remarquer Rex.
 Regardez les branches au-dessus de
vos têtes. "

James porta son regard vers les
arbres :

" Oui, les branches sont cassées et il y
a des poils suspendus
 sur une branche,
 à environ 2 mètres de hauteur. "
 Il monta à l'arbre et redescendit
 avec une touffe de poils.

" Moi, j'ai trouvé des
 excréments, dit Catherine, ils sont
assez gros. "
Laurence ajouta :
" Je pense que nous suivons leurs
traces. "
Rex fit une remarque :
" En face de nous il y a une grotte !

C'est bizarre, répondit Laurence,
 j'ai l'impression de l'avoir déjà vue.
Oh mais oui, je me souviens,
dit-elle, c'est celle où nous avons
dormi pendant la première expédition.
Rex confirma :
Oui, cette grotte est bien celle
où nous nous sommes arrêtés,
et devant,
c'est l'emplacement où Laurence s'est

fait tirer dessus après avoir sauvé le
bébé singe.

Mais par qui s'est-elle fait tirer dessus ?
Demanda Dave.

Par Sylvie, répondit James. Ensuite, le
géant velu, un vieux, a pris Laurence
dans ses bras et l'a plongée dans l'eau
du lac. La suite, vous la connaissez. "

Laurence se remémora
les paroles qu'elle avait dites à James :
" Je n'ai pas été très sympa avec toi, tu
me pardonnes ?
Lui demanda-t-elle en l'embrassant.

Nous allons nous poser ici, dans la
grotte, dit James. Il est déjà midi.
Mangeons un morceau,
ensuite nous continuerons
les recherches. Maintenant,
que nous sommes sûrs
qu'ils sont bien réels,
il faudrait pouvoir communiquer avec
eux, cela nous permettrait

d'avoir des réponses à nos questions,
ce serait fabuleux, dit-il.

Déjà, nous savons qu'ils ne nous
veulent pas de mal,
sinon nous ne serions plus là pour en
parler.

Il ne faut pas leur faire peur, aucun cri
ni gestes brusques si nous
les croisons, dit Laurence.

Nous ne savons pas comment
ils vont réagir, car nous sommes sur
leur territoire, ajouta Dave.
Oui, en plus lorsque l'on voit ce qu'ils
ont fait à Sylvie et Jim
la dernière fois, nous devons rester
très prudents.

Pas " ils ", dit James, mais " il ". Après
avoir ramené Laurence sur la berge, en
la mettant dans sa cabane avec la
géante velue il a attrapé Sylvie,
ensuite Jim.
J'ai entendu des bruits comme des os

qui se cassaient, se rappela-t-il.
Vous ne vous souvenez
 de rien ? Demanda James.

Non, dit Rex. Dave et Catherine et toi
non plus ? Demanda-t-il à Laurence. "
Elle secoua la tête pour lui signifier un
" non ", déçue.
" Pourquoi n'y a-t-il que moi qui se
souvienne de ce sacré moment ?
Demanda James.
Personne dans ce monde, n'est
capable d'effacer la mémoire des gens,
c'est une certitude,
alors qui sont-ils vraiment ?
Des extra-terrestres peut-être ?
Interrogea Catherine.
Nous vivons dans une galaxie peuplée
de centaines de milliards de soleils,
précisa Dave. Les planètes de type
" terrestre " y seraient des milliards,
alors pourquoi dans cet espace si
vaste, n'avons-nous pas (encore) eu de
contact avec des civilisations
extraterrestres ? Y a-t-il de la vie
ailleurs que sur Terre ? Oui, moi j'en

suis sûr, car sinon comment aurait-il
fait pour me réanimer, sans oxygène,
sans intubation ?
Seulement avec de l'eau ! Dit
Laurence.

Mais pourquoi, dans ce cas, il n'a pas
réanimé son bébé ? Lui demanda
Catherine. Peut-être qu'il ne savait pas
qu'il était en train de mourir ?
Souvenez-vous, James nous a dit que
l'on venait de sortir de la grotte,
ils étaient certainement inquiets de
nous savoir ici. Dit Laurence,
cela se tient non ?
Autant de questions nous aurons à leur
poser, dit James en réfléchissant.
Mais que sont devenus Sylvie et Jim ?
Ils étaient rentrés, non ? Demanda
Catherine.

Oui, mais ils sont repartis tous les deux
dans la forêt bleue en quête d'un
scoop. Nous leur avons glissé deux
GPS dans leurs sacs, mais depuis trois
semaines nous n'avons plus de signal.

Soit ils ont découvert les GPS, soit ils sont perdus au fin fond de la forêt, répondit Rex.
On est sûr de rien, affirma James.
Il y a des ours, des lynx et d'autres animaux hostiles, ensuite la forêt bleue est immense. "
Après le repas dans la grotte, l'équipe reprit la direction du sentier. Cela faisait plusieurs heures qu'ils marchaient lorsque là, devant eux, une scène effroyable,
une vision d'horreur s'ouvrit sous leurs yeux : Des squelettes
et des corps en décomposition.
Catherine et Laurence partirent vomir plus loin.

Un spetacle épouventable.

Le spectacle était comme dans un film d'horreur.
Des mouches et des asticots envahissaient les cadavres.
Et cette odeur,
qui était insupportable. James, Rex et

Dave avaient recouvert leur bouche,
et leur nez avec un mouchoir pour
masquer cette puanteur cadavérique.

" C'est un carnage, dit Dave avec des
haut-le- cœur. Il faut savoir si les corps
ne sont pas ceux de Sylvie et de Jim !
Oh non ! S'écria Laurence, c'est
Sylvie. "
Elle venait de s'approcher d'un
morceau de corps : Il s'agissait d'un
bras.
" C'est sa gourmette... Je m'en
souviens bien. "
Les corps avaient été démembrés et
décapités. Les différentes parties
étaient éparpillées.
" Je pense que c'est le tronc de Jim, je
reconnais son pantalon, dit Rex. "
Ils se reculèrent de la scène, horrifiés.
Un silence pesant s'ensuivit.
" Il va falloir les enterrer, dit James.
Nous ne pouvons pas les laisser ici,
comme cela.

Tout d'abord,dit Dave,

il faudrait détacher la gourmette du bras de Sylvie
 pour la donner à sa famille.
– Oui, nous allons récupérer des preuves qu'il s'agit bien d'eux, dit James.
C'est horrible, dit Catherine en pleurant. Qui a pu faire une chose aussi horrible ?
Les ours ou les lynx, proposa James.
Oui, les primates n'agissent pas de la sorte, et ne démembrent pas leurs victimes, dit Laurence qui avait repris ses esprits.
Il n'y a pas de morsures non plus, dit Dave, les singes mordent leurs adversaires.
Comment allez-vous les enterrer ? Demanda Laurence,
vous n'avez rien pour cela.
Nous allons les recouvrir avec des cailloux. À l'aide de bâtons je vais fabriquer une sorte de pioche, dit Rex. "

Ils mirent deux heures pour ensevelir

les corps.
Ils avaient fait une stèle avec une
pierre, sur laquelle ils avaient gravé les
noms de Sylvie et de Jim, ainsi que la
date : Le 27 août 1980.
" Restons sur nos gardes, dit James.
Oui, j'ai sorti ce qu'il faut, répondit Rex
avec une arme à la main. "
James, lui aussi, avait sorti un revolver.
Ils avaient pris en photos les morceaux
de cadavre.
C'était Rex qui avait filmé
et pris quelques photos des corps
mutilés.
Tous les ossements avaient été
regroupés et enterrés ensemble.
" Voulez-vous continuer
ou repartir à l'hélicoptère ? Demanda
James,
qui savait très bien l'importance du
choc
produit par la découverte des cadavres
de Sylvie et Jim.

" Je préfère continuer.
Dit alors Catherine.

Pareil pour moi renchérit Laurence.
Ok pour nous aussi, répondirent Dave
et Rex. "
Une demi-heure plus tard, Rex rompit
le silence dans lequel le groupe était
plongé :
– " Chut ! Nous ne sommes plus seuls,
dit-il.
Ne vous arrêtez pas !
Chuchota Laurence. Gardez votre
calme et marchez normalement.
Pour parler,
 chuchotez comme moi.
Sortez les appareils doucement,
dit James, et filmez.
J'en ai pris un en photo,
 murmura Catherine.
Moi aussi, dit Dave.
Ils sont nombreux. Fit remarquer
James.
Oui, j'en ai compté cinq.
Dit Laurence. "
Le géant velu le plus vieux marchait
sur la droite de Laurence.
C'est celui qui t'a sauvée, il vient sur

ton côté droit, dit James.
Je le reconnais moi aussi maintenant
dit-elle.
C'est celui qui t'a réanimée ?
Demanda Catherine qui s'était glissée
à son côté.
Oui. Nous nous regardons de temps en
temps.
J'évite la confrontation,
et je pense qu'il l'a compris.
 Murmura Laurence.
Il me regarde
comme s'il me connaissait
depuis longtemps, dit-elle.
Continuez comme cela.
Chuchota Laurence.

Ils n'ont aucune agressivité dans le
regard ni dans leur comportement. Ils
ne font que nous suivre,
dit James.
Droit devant nous, il y a une grotte.
Est-ce que nous nous arrêtons ?
Demanda Rex.
Oui, cela nous fera du bien. Répondit
James. "

Ils se dépêchèrent de rentrer dans la grotte.

" Wouah ! Regardez les dessins ! Dit Dave. Je n'ai jamais rien vu d'aussi beau.
Oh ! Oui, regarde. Dit Catherine à Laurence qui était restée en arrière, c'est époustouflant.
Oui, tous les murs sont peints.
Mais que racontent ces dessins ? Demanda James.

Des pictogrammes qui remontent loin. Répondit Laurence.
Tu sais, les lire ?
ce n'est pas compliqué, lui dit-elle, regarde-les biens.

Oui, ce sont eux : les géants velus.

Exactement. Lui répondit Laurence en souriant.
Je suis si contente. Nous approchons de notre but, dit-elle. Regarde, celui-là,

c'est le vieux géant velu avec sa femme et son bébé. Cela veut dire qu'ils sont là depuis très, très longtemps, des milliers d'années peut-être.
Oui, tu as raison.
Ici, il y a une date : neuf cent quatre-vingt-neuf !
Tu te rends compte ? S'exclama Dave.
C'est vraiment génial.
Explorons le fond de la grotte, proposa James.

Nous allons peut-être savoir,
qui ils sont réellement.
Dit Laurence excitée.

Leur savoir est enrichissant, ajoute Catherine.
Et si nous campions là, cette nuit ?
Dit
James
Cela nous laisserait du temps pour explorer toute la grotte ! "
Ils furent tous d'accord.

" Moi, j'ai faim ! Dit Rex.

Oui moi aussi, pardi toutes ces émotions m'ont donné faim. Répondit James en riant.
Il n'y a plus personne dehors. Expliqua Rex en revenant de l'entrée de la grotte.

Mangeons tranquillement alors. Dit Dave.

C'est bizarre, pourquoi ils nous suivent ? Ils nous ont suivis depuis au moins six kilomètres ? Interrogea Rex.

Parce que c'est leur territoire. Répliqua Laurence. Ils veulent être sûrs que nous ne sommes pas dangereux pour eux. Ajouta-t-elle. C'est pour cette raison que nous ne devons pas les provoquer.

En faisant quoi ?
Demanda Dave, la bouche pleine.

En montrant vos armes
par exemple.
Répondit Laurence.
Et surtout, ils n'oublient pas que j'ai
sauvé un de leurs bébés, dit-elle. Ils
nous seront reconnaissants longtemps
pour cela.

En tous cas, j'avais l'impression qu'ils
nous comprenaient,
dit Catherine.
Surtout toi Laurence, lorsque tu nous
expliquais comment rester calme.

J'ai vu des battements de cils, et des
froncements de sourcils aussi. Dit
Laurence.

Oui, j'ai vu ça aussi Laurence,
 réagit Catherine. Je pense pouvoir dire
qu'ils sont super intelligents et qu'ils
nous comprennent.

Je dirais qu'ils ont une intelligence bien
plus grande que la nôtre, répliqua
James. Après ce que j'ai vu, je peux

l'affirmer, dit-il.

Avec des supers pouvoirs, ajouta Rex.

Comme des êtres venus
d'une autre planète ?
 S'interrogea Dave. Tu crois que ce sont
vraiment des extraterrestres ?

Oui, des civilisations extraterrestres
pourraient très bien ne pas avoir de
technologie leur permettant de
communiquer avec d'autres mondes.
Leur développement a pu être très
différent du nôtre, aussi pourraient-ils
très bien ne pas s'y intéresser, ou
encore ne pas avoir envie de l'utiliser.

Tu as raison, dit James, vu comment le
monde est pourri, il n'y a pas d'espoir
de récupération, dit-il.

Autre cas de figure, dit Laurence, leur
technologie pourrait être beaucoup
plus avancée que la nôtre. Il est
possible qu'ils utilisent des modes de

communication que nous ne connaissons pas (encore) et qui sont impossibles à déchiffrer, enfin pour nous.

Tu as raison James, répondit Catherine.

Une sixième extinction de masse a commencé sur Terre, alors que cette dernière est causée par notre espèce. Les précédentes avaient toutes une origine naturelle : des changements climatiques naturels et aussi des astéroïdes, comme ce fut le cas pour la précédente crise biologique, il y a 65 millions d'années. Aujourd'hui, l'Homo sapiens sait que des astéroïdes risquent encore, un jour, de mettre en péril la vie sur Terre, et il sait aussi qu'il existe encore d'autres évènements cosmiques qui pourraient l'anéantir, tels que des supernovas, des quasars et aussi, près de nous, de violentes éruptions solaires.
Il est donc possible qu'ailleurs, la vie n'ait pas eu le temps de se

développer.
Songeons, par exemple,
que les naines rouges autour,
desquelles sont souvent découvertes
des planètes
rocheuses, sont manifestement des
étoiles à l'humeur ravageuse. Leurs
colères répétitives réduisent
en effet fortement les chances
que ces planètes soient
vraiment habitables.
Alors en attendant, ils squattent ici sur
terre sans se montrer.
Ils doivent être vraiment déçus de voir
des pauvres choses comme nous sans
cerveau, dit James.
Allez la troupe, mettons-nous en mode
explorateur. Restons groupés, ce sera
plus prudent. Nous ne savons pas ce
qu'il y a au fond de la grotte. "

Rex manifeste son étonnement :
" C'est extraordinaire, des dessins de
maîtres.

Il y a des écritures ici, regardez ! Lança

Dave.

Je vais les prendre en photo et les filmer, je ne veux rien perdre, dit Laurence.
Est-ce que quelqu'un sait traduire ces écrits ? Demanda James.

La rencontre.

Une voix se fit entendre :
Moi, oui ! "

Tout le monde se retourna. Après la stupeur passée.
Ce fut James qui parla.

" Bonjour monsieur,
 nous sommes ici pour comprendre le mode de vie des géants velus,
 nous ne leur voulons aucun mal, juste échanger avec eux.

Pourquoi ? Demanda le vieil homme. "

Il avait une grande barbe blanche, il

devait avoir au moins quatre-vingt-dix
ans, plus peut-être. Il était très grand,
il mesurait à peu près
deux mètres cinquante. Il ressemblait
à un homme des cavernes, pensait
Laurence.

" Oui je suis très vieux jeune fille.
Dit-il en se retournant vers Laurence,
comme s'il avait entendu
ce qu'elle avait pensé au fond d'elle.
Ok, dit-elle,
après tout,
nous aussi on deviendra vieux,
répondit-elle comme pour s'excuser. "

Il toussota.

" Que vouliez-vous savoir sur les
géants velus comme vous dites ?
Demanda le vieux monsieur.

De quoi se nourrissent-ils ? Pourquoi
vivent-ils cachés ? Demanda James. "

Et sans même répondre à James, il

regarda Laurence droit dans les yeux.

" J'ai plus d'années que vous tous
réunis. "

Et comme par enchantement, il
disparut.

" Wouah ! S'écria Laurence.
Il a entendu ce que je pensais.
C'est fou, non ! J'avais l'impression de
le connaître, dit-elle.
Lorsqu'il m'a regardée,
cela m'a fait une drôle de sensation.

James était étonné :
Incroyable ! Et comment fait-il pour
partir ainsi ? Il s'est télétransporté ?
Oui c'est exactement cela, de la
télètransportation, lui répondit
Laurence, ils doivent même avoir des
engins invisible pour nous les
humains.James lui sourit en lui faisant
un clin d'oeil.

En tous les cas, dit Rex, lui te connait,

c'est certain.

Que faisons-nous ?
Demanda Catherine
avec une petite voix.

Il ne nous a pas défendu
l'accès à la grotte, alors continuons,
répondit James.
Ensuite,
nous parlerons de ce monsieur,

Catherine poursuit :
Les dessins représentent la vie des
géants velus, comme ici, ils mangent
du poisson, et là du chevreuil ou du
cerf.

Laurence ajoute :
Nous pouvons voir qu'ils dorment
sur des tapis d'aiguilles de pin,
en montrant un dessin.

Ils dorment le jour comme les
primates, dit Dave.

Ou peut-être, pour mieux nous
surveiller la nuit, répondit James.

Oui, c'est pas faux ça, dit Dave. Donc,
pour cette nuit, il y aura un tour de
garde ?

Je commence, dit Rex.

Ok, je serai le suivant, répliqua Dave.

Et nous ? Demanda Laurence.

C'est hors de question, jeune fille, dit-il
en plaisantant.

Ok, c'est bon là ! Dit-elle en faisant
semblant de bouder.
Qu'est-ce que j'aurais aimé traduire
ces écrits,
déclara Laurence devant le mur où il y
avait les inscriptions.

Ne t'inquiète pas, je trouverai la
personne qui les traduira.
Au bureau, j'ai un ami indien,

peut-être que lui,
pourra déchiffrer
ces hiéroglyphes
Dit-il en l'embrassant
dans le cou.
C'est vraiment très ancien.
Cela m'étonnerait que quelqu'un de
notre âge puisse les lire.
 Alors il demandera à sa tribu.
Tu verras, on trouvera.

Au fait,
comment tu as dit tout à l'heure ?
Il s'est télétransporté ?
L'interrogea-t-elle en riant à son tour.
Tu regardes trop les dessins animés,
mon chéri. Lui dit Laurence.

En attendant, dis-moi comment il fait
alors ?
Répliqua James.
Je pense vraiment qu'ils viennent de là-
haut, reprit-il.
Pourquoi, autant
 de dessins ? Demanda Catherine.
 S'ils ne veulent pas

être connus,
pourquoi font-ils des dessins ?

Ce qui est sûr, c'est qu'ils ne veulent
pas que l'on sache d'où ils viennent,
car dans les dessins, rien ne l'indique.
Expliqua James.

Mais pourquoi, c'est ridicule ?
Demanda Dave.
Eh bien, ce sera une autre question à
leur poser. Dit Laurence.

Pour cela, il faudrait arriver à les
aborder, une chose qui ne sera pas
simple, dit Catherine.

Pas sûr. Lui répondit Rex.
Regarde comment ils nous suivent, et
nous écoutent.

Oui, mais s'ils avaient voulu que l'on
sache qui ils sont, ils l'auraient dit à
Laurence
le jour où elle est restée la nuit dans
leur cabane.

Ou peut-être qu'ils n'en ont pas
eu le temps, je ne leur
ai tout simplement
pas posé la question,
répliqua Laurence.

De toutes façons,
nous allons essayer de leur poser les
questions essentielles comme : " D'où
viennent-ils " et " que veulent-ils", dit
James.
Maintenant que nous savons
qu'ils sont bien réels,
ajouta-t-il, attirons leur attention.

Mais comment ? Demanda Rex.
En faisant du bruit, dit Catherine.

Non-surtout pas de bruit.
Lui répondit Laurence.

Ah oui, j'avais oublié. Pas de bruit,
répéta-t-elle.

Tout simplement en marchant lorsqu'ils

nous suivent, on pourrait papoter, dit Rex en riant.

Ce n'est pas stupide, déclara James.

Il faut le faire sans risque d'être agressés ou d'être tués, dit Dave. Le vieux monsieur pourrait nous y aider Proposa Catherine.

Oui, je le pense aussi. Répondit Laurence.

Sauf qu'il a disparu. Répliqua James en explosant de rire. Nous verrons cela demain, je suis épuisé moi.
Je vais me coucher, tu viens ma chérie ? "

Au cours de la nuit, des bruits curieux se firent entendre. D'abord,
ce furent des coups, des gros boummmm.
Puis des bruits, comme un morceau de bois frappant un arbre, ensuite des hurlements :

Wouououuh, wouououuh.
Toute l'équipe fut debout en
un rien de temps.

C'était quoi ça ? Demanda Rex.

Ils se parlent, dit Laurence.

Ils sont autour de nous ! Dit James en
regardant devant et derrière lui. "

Un géant vint au côté de Catherine.

" Ne bouge surtout pas lui demanda
Laurence.

Ensuite, il se mit à côté de Rex, le
fouilla et le détailla de la tête au pied.
Heureusement, le revolver était resté
dans le sac à dos. Le plus vieux des
géants fit son entrée. Les autres
géants le laissèrent passer comme s'il
était le chef. Il s'approcha de Laurence
et la regarda droit dans les yeux.
Laurence détourna le regard,
 mais le vieux géant grogna et lui pris

le menton entre les mains. Il l'obligea à
le regarder. Il grogna, puis sans
lui lâcher la main,
il continua de grogner
s'agissant vraisemblablement d'un
langage que eux seuls pouvaient
comprendre. Il lui relâcha le menton.
La femelle géante, n'était autre que la
maman du bébé que Laurence avait
sauvé, elle entra à son tour. Elle prit
Laurence par la main et elles sortirent
ensemble. L'équipe les suivit, mais le
vieux géant se mit en travers de leurs
chemins. Ils entendirent : " Qu'il est
beau ! C'est ton bébé ? Celui que j'ai
sauvé ? " La femelle cligna des yeux.
Laurence remercia la femelle, fière de
la confiance qu'elle lui avait accordée
en lui montrant son petit. Laurence
revint, suivie de la femme géante.
Laurence se planta devant le vieux
géant velu, et lui serra la main.
" Merci de m'avoir redonné la vie. Je
sais que tu comprends, merci encore. Il
hocha la tête pour lui dire " oui ". Nous
ne vous voulons aucun mal,

juste apprendre
à vous connaître.
Pourquoi vous cachez-vous ?
Êtes-vous nombreux ? "

Le vieux géant velu attendit un peu
comme s'il réfléchissait.
Il lui prit la main
et l'emmena vers les dessins.
Il guida sa main en la posant sur son
torse.

Laurence comprit immédiatement :
" C'est toi sur le dessin ? OK. " Dit-elle.

Le premier représentait sa famille, sa
femme, son bébé et lui. Il grogna fort,
sa femelle arriva avec le bébé dans ses
bras.

" C'est elle ta femme ? Vous êtes
superbes tous les deux. "

C'est à ce moment, que James
éternua :
" Atchoum ! "

Le vieux géant velu et sa femme
quittèrent la grotte.

" Je suis désolé. " Dit James.

Laurence, apporta quelques
précisions :
" En fait, les dessins représentent toute
leur tribu de géants velus. Cette tribu
est ici, avec nous.
Ils ne se montrent pas tous, ils sont
nombreux,
dit-elle,
au moins cinq-cent-cinquante.

Quoi ! Tu es sûre ? Demanda James.

Oui, répondit une voix
qu'ils connaissaient bien. Il y a eu des
morts mais aussi des naissances,
alors je dirais aux alentours
de six-cents. " Dit le vieil homme.

Toute l'équipe s'était retournée sur lui.

" Merci monsieur, dit James, que
pouvez-vous nous dire sur cette tribu ?

Rien, ce sont eux qui décident de ce
que je peux ou ce que je dois vous
dire. "
James allait répliquer, mais le vieil
homme avait encore disparu :
" Grrr ! Cela devient une habitude chez
lui, de disparaitre comme cela. Il sait
au moins que c'est mal élevé ? "

Toute l'équipe pouffa de rire.

" Quoi, c'est vrai ! C'est agaçant à la
fin. " S'emporta James.

" Plus personne n'est avec nous, dit
Rex, ils sont tous partis.

" Tu vas bien ? " Demanda James à sa
femme.

" Oui, si tu savais comme je suis
contente d'avoir pu échanger avec
eux. Tu vois, nous n'avons rien à

craindre d'eux, dit-elle, alors rangez les revolvers au fond de vos sacs.
" Tu as vu comme nous tous, les corps de Sylvie et de Jim ? Alors non, je ne vais pas laisser mon arme dans mon sac, ceci dit, je ne vais pas les braquer non plus, sauf s'ils m'y obligent.

La mort de Sylvie et Jim n'est pas liée à eux, j'en suis sûre, dit-elle.

D'accord, mais je garde quand même mon arme, tant que je ne sais pas ce qu'il s'est passé.

Mais ce ne sont pas des tueurs, sauf pour se nourrir.
Le primate ne mange pas
les humains d'ailleurs,
tu te souviens ? Il n'y avait aucune morsure, et regarde les dents qu'ils ont.
Je poserai la question
au vieux monsieur, dit-elle.

" Oui, s'il ne se téléporte pas avant.

Dit-il en riant pour détendre
l'atmosphère. "
Cette nuit-là,
les membres du groupe se
rendormirent
sans monter la garde.

Au levé du jour et comme à leur
habitude,
Rex et Dave étaient debout avec du
café frais qu'ils avaient fait.

Dave salua Laurence, le premier :
" Bonjour Laurence, tu as bien dormi ?

Oui, comme un bébé, et vous les
garçons ? demanda-t-elle en les
embrassant. "

Dave :
" Pareil, c'est incroyable de dormir
aussi bien dans de telles
circonstances !

Oui, répondit James qui venait de se
lever, j'ai ronflé, n'est-ce pas ma

chérie ?

Oui, j'ai dû te réveiller
plusieurs fois, ensuite j'ai pu dormir.

Attention !
On nous observe, dit Rex, en faisant
retourner Laurence sur elle-même.

Oh, c'est le bébé que j'ai sauvé, dit-elle
en s'approchant de lui. Salut toi... Tes
parents savent que tu es ici ? "

Elle lui donna un biscuit qu'il prit
aussitôt,
mais sa mère arriva et le stoppa au
moment

où il allait mettre le gâteau
à la bouche.
Alors tout naturellement,
Laurence prit un morceau du gâteau et
le mangea. La maman du géant velu
qui la regardait, fit comme elle
et mangea un morceau en donna un
petit bout à son bébé. Elle repartit

ensuite avec le bébé
en le tenant par la main. James fut
épaté par tant de délicatesse de sa
femme.
" Nous allons retourner
à l'hélicoptère
si vous voulez ?
Demanda James. Nous pourrons nous
baigner au lac.

Oh oui ! S'exclama Laurence. J'en ai
une énorme envie.

Oui, moi aussi, dit Catherine.

Vous, nous quitter déjà ? Demanda la
voix du vieux monsieur qui venait de
rentrer dans la grotte.

Oui, mais nous allons revenir, dit
James. Il faut que nous nous baignions.

Vous savez, dit le vieux monsieur, nous
avons une rivière pas loin d'ici. "

Pas loin ? Cela dépend de la longueur

des pas que l'on fait, se dit Laurence
en son for intérieur. Alors, il se
retourna sur Laurence, et lui dit :
" Je vous assure que la mesure
correspond à vos pas jeune fille, dit-il
en lui faisant un clin d'œil.

James lui sourit :
Eh oui, il entend tes pensées. Attention
à quoi tu penses !

Venez !
Dit le vieux monsieur, je vous
accompagne.

Laurence répondit :
Merci, nous vous suivons.

James :
Oui, nous irons ensuite à l'hélicoptère.

Catherine :
Il n'était pas seul,
nous sommes bien accompagnés.

Dave ;

Aucune chance de nous perdre.

Laurence :
C'est normal, nous sommes sur leur
territoire.

Catherine s'adresse à Laurence :
Je les trouve très beaux ,en
chuchotant.
Oui, tu as raison.
Certains ont des yeux superbes,
comme celui à côté de moi.
Il est très grand, il mesure au moins
deux mètres cinquante.
Il a des épaules très larges, il a des
yeux verts, j'adore. "

Laurence se mit à rire de bon cœur, et
les géants se regardèrent.
La rivière était en face d'eux.

" Oui effectivement, ce n'était pas très
loin, dit Laurence.

" Il va falloir surveiller nos affaires, dit
James.

Nous irons, chacun à notre tour, dit
Laurence.

Les filles d'abord, dit James. "

Laurence et Catherine
entrèrent les premières
dans l'eau qui était fraiche, mais
bonne.
Elles nagèrent sous les regards des
géants velus. Laurence sortit la
première, suivie de Catherine.

" Je ne suis pas très à l'aise, dit
Laurence à James.

Je comprends ! Répondit-il en
regardant autour d'eux.

Tous les géants étaient en train de les
regarder.
C'est du voyeurisme,
dit James en riant.
J'y vais avec Rex et Dave.
Nous ne resterons pas longtemps,

précise-t-il en embrassant Laurence. "

Le vieux monsieur réapparut :
" Il y a même une cascade là-bas au
fond, dit-il.

Nous irons la prochaine fois, dit
Laurence, j'ai besoin de mes affaires
de rechange. "

L'équipe retourna à l'hélicoptère.

" Wouah ! Le vent monte. Se plaignit
Catherine, qui venait d'avoir des
frissons. Pouvons-nous nous arrêter ?
J'aimerais m'habiller plus chaudement,
dit-elle.

Oui, on stoppe ! Cria James à Dave et
Rex qui étaient devant.
C'est vrai le temps à changé
d'un coup, dit-il,
mettons nos vêtements de pluie, au
moins s'il pleut, nous serons parés.

Oui. Ok, bonne idée, lança Laurence. "

Il y avait une heure qu'ils marchaient.

" Pourquoi ils ne nous suivent pas ?
S'exclama Dave.

Bonne question, renchérit James.

Oui, mais en venant, ils nous ont
suivis ? Interrogea Catherine.

Oui, c'est vrai, tu as raison. Peut-être
que nous ne sommes plus intéressants
à leurs yeux !

Rex :
Ouais, on ne vaut rien pour eux.

James :
Je sens des gouttes, augmentons la
cadence.

La pluie se mit à tomber très fort d'un
coup.

James :

Abritons-nous un peu ici,
dans la première grotte.
Nous pourrons repartir
dès qu'il pleuvra moins.

Oui, j'ai froid, dit Catherine qui
commença à tousser et à éternuer.

Arrivés dans la grotte, les garçons qui
avaient pris du bois en marchant,
allumèrent un feu.

Tiens, prends cette couverture en
attendant. Je vais monter ta tente juste
à côté du feu, lui dit Laurence. "

Le temps était plus calme, Catherine
elle, était toujours enrhumée.

" Nous pouvons reprendre la route. Dit
James. Te sens-tu assez forte pour
pagayer ? Demanda-t-il à Catherine.

" Oui, ça va aller merci.

Après,

 plusieurs heures de canoës Catherine
s'exclama :
" Enfin, je vois l'hélicoptère en face de
nous. "

Catherine était devant, avec
Laurence :
" Pas question de prendre un bain
chaud ou une tisane cette fois-ci,
dit Laurence en souriant à Catherine.
Une fois dans l'hélicoptère,
je vais te donner un comprimé pour la
température,
tu te sentiras mieux après une bonne
nuit de sommeil.

" Mais il n'est que dix-heures du
matin !
 Répondit Catherine en riant.

Oui je sais, mais
il te faut reprendre des forces.

Il fait de l'orage, dit James.
Nous repartirons demain à la grotte. "

Effectivement,
le tonnerre s'accentua à onze heures.
Ils prirent le repas de midi et
s'engouffrèrent tous dans les tentes.
Catherine retrouva son panda.

" Il est vraiment très doux,
dit Catherine à Laurence.

Je déteste l'orage, cria Laurence après
un violent éclair qui passa par le
hublot. "

Elle se réfugia dans les bras de son
mari.
Après s'être reposée,
 Catherine allait un peu mieux :
" J'ai bien dormi, cela m'a fait du bien,
dit-elle en se réveillant.

James qui avait repris les commandes,
dirigeait l'hélicoptère vers la grotte que
le groupe venait de quitter :
Tout le monde est prêt ? Nous allons
poser l'hélicoptère près de la grotte où
il y a des dessins, dit James. Dave et

moi, avons vu une clairière où nous pouvons poser l'hélicoptère, cela nous évitera de marcher plus longtemps.

Oui, ce serait super, dit Catherine en éternuant.

Mais avant, j'aimerais me baigner dans le lac, au moins il n'y a pas de voyeur, dit Laurence.

Ok, le temps est beau,
profites-en,
conseilla James à sa femme.

Toute l'équipe se baigna. Ils en profitèrent au maximum pour jouer dans l'eau et se détendre, car ils savaient qu'il restait beaucoup de questions sans réponse.

" Nous sommes vraiment des grands enfants, dit Rex en éclaboussant Dave.

De découverte en découverte.

James et Dave, avaient aperçus une clairière juste a coté de la grotte.

" On y est ! " Dit James.

L'équipe descendit de l'hélicoptère, il n'y avait que cent mètres à faire, pour y parvenir.
Catherine éternua :
" Super. "
" Au moins, tu ne prendras pas plus froid. " Dit James à Catherine.

Ils firent du feu pour que Catherine soit mieux.

" J'avais préparé des rations de soupe. " Déclara Dave. " Je vais t'en faire réchauffer. Qui en veut ? Demanda-t-il.

" Moi, j'en veux bien. " Répondit Laurence. Pendant ce temps, elle donna un comprimé a Catherine.

" Merci, je suis naze. " Dit-elle à
Laurence.

" Oui, c'est normal. Le rhume t'épuise,
mais ça ira mieux bientôt. "

Dave s'approcha avec un matelas
gonflable :
" Tu n'as qu'à t'allonger, je vais
préparer ton lit.

Il commença à gonfler son matelas,
pendant que James et Rex lui
montèrent sa tente.

Dave s'approcha d'elle :
" En attendant,
 tiens, prends cette couverture. Elle va
te tenir chaud. " La journée se passa à
discuter et a chercher les réponses à
leurs questions.
" Je crois qu'il faudrait dans un
premier temps leur montrer,
qu'ils peuvent nous faire confiance,
créer un lien d'amitié,

" Proposa Laurence." Oui,
nous pourrions commencer
par les inviter à manger avec nous ?
" Proposa Rex en rigolant.

" Ne ris pas, c'est une excellente idée.
Reconnut James.
Il faudrait tuer un gros gibier, tel que
du cerf ! "

Laurence :
" Oui, mais pour tuer, il faut tirer sur le
gibier et cela va faire du bruit, donc ils
vont avoir peur ! "

James :
" Exact, et si nous fabriquions
des arcs et des flèches ? "

Dave :
" Eh oui !
Je vais aller chercher du bois dur. "

Rex :
" Et moi, je vais prendre
tout ce que je trouve en liane pour la

corde. "

Laurence, elle,
resta près de Catherine, pour surveiller
son état de santé,
 il ne fallait pas que cela empire.

" Bonjour. "

Laurence fit un bon.

" N'ayez pas peur de moi. " Dit le vieux
monsieur qui venait d'entrer dans la
grotte.

" C'est le fait que je ne m'attendais pas
à vous, et j'étais en train de penser à
mon amie qui ne va pas très bien. " Lui
répondit Laurence.

" Et comment va-t-elle ? " Lui demanda
le vieux monsieur.

" Pas terrible, elle tousse beaucoup et
fait de la fièvre. Je lui ai donné des
comprimés, mais il faut que cela fasse

effet. "
" Venez. " Lui dit-il
en lui montrant la sortie.

Au même moment, James et Dave
entrèrent dans la grotte.

" Je reviens. " Fit Laurence.

" Nous n'en avons pas pour longtemps,
dit le vieux monsieur à James qui avait
voulu les suivre. Vous voyez ces
plantes ? Elles sont un remède contre
les états fébriles, et pour la fièvre
aussi. Vous les ferez bouillir et vous lui
ferez boire. "

" Combien de feuilles
dois-je mettre à bouillir ? "

" Prenez-en une poignée, de toute
façon, même s'il y en a de trop,
cela ne lui portera pas conséquence. "

Laurence remercia
le vieux monsieur qui disparut comme

il était venu.

" Il te voulait quoi ? " Demanda James.

" Me donner un remède à base de
plantes pour Catherine, dit-elle, il faut
juste que je fasse bouillir ces plantes et
qu'elle boive l'infusion. "

Une fois l'infusion bue, Catherine
demanda :
" Comment il a su que j'étais
malade ? "

" Tu te souviens, il lit mes pensées. "
Lui répondit Laurence.

" C'est incroyable,
mais je suis chanceuse.
 " Dit Catherine.

" Les hommes ont fait des arcs, lui
expliqua,Laurence, ils vont chasser
ce soir pour que l'on fasse un repas en
signe de remerciement,
aux géants velus. "

" C'est chouette, je pense même que je
pourrais venir.
Je me sens déjà mieux, wouaouh !
Ce sont d'excellentes plantes. Garde-
les, on ne sait jamais. " Dit Catherine.

" Oh, ils sont tops,
vous avez bien travaillé.
" Dit Laurence en regardant les arcs.

" Vous les avez essayés ? " Demanda
Catherine.

" Non, nous les essaierons ce soir. "

" Je pourrais venir avec vous ?
Regardez comme je me sens mieux
avec l'infusion. "

" Ouf ! "
S'exclama James. " C'est fantastique,
je savais qu'en forêt il y avait des
plantes guérisseuses, mais jamais la
preuve avait été aussi parlante. C'est
top si tu vas mieux.
Ce soir,

nous prendrons un sentier non connu,
alors prévoyez
vos caméra et vos lampes frontales,
et couvrez-vous bien. " leur expliqua
James, en regardant
Catherine et Laurence à tour de rôle.
" Tout le monde
est prêt ? " Demanda-t-il.
" Allons-y ! "

" Regardes ! Là...
Le sentier a l'air pas mal. "

– " OK, suivons-le. " Répondit James à
Rex.

" Là, il y a des crottes. Elles doivent
appartenir a un cerf. " Dit Dave.

" Je viens de mettre les pieds dedans,
elles sont récentes. " Dit Laurence
dans un rire étouffé.

C'est Dave le premier, qui tira sur la
cible, ensuite, Rex puis James.

" Génial, nous l'avons
eu du premier coup.
" S'exclama James.

" Oui, mais avec plusieurs fléchettes. "
Lui répondit Laurence en riant. C'est
super, dit-elle, en voyant le regard
outré de son mari.

" Comment allons-nous procéder pour
leur offrir ce délicieux met ? "
Demanda Laurence.

" Je vais vous y aider. " Dit le vieux
monsieur qui venait d'entrer dans la
grotte. " Un beau gibier qui devrait leur
faire plaisir. " Dit-il en regardant le cerf
a terre. " Suivez-moi
sans faire de bruit. " Leur demanda le
vieux monsieur.

D'abord, il les fit longer
un sentier inconnu, ensuite ils
passèrent par une clairière.

" Arrêtez-vous ici et posez le gibier à

terre, ils seront là bientôt. "

Un moment après, le géant le plus
vieux fit son apparition en sortant d'un
petit buisson. C'est Laurence qui
parla :

" Nous vous prions
d'accepter ce gibier,
pour avoir bien voulu de nous sur votre
territoire,
et nous voudrions devenir vos amis.
Est-ce possible ?
" Lui demanda Laurence
en le regardant droit dans les yeux.

Il grogna, prit le gibier et disparut dans
le buisson.

" Nous repartons à la grotte. " Dit
James.

" Ils l'ont pris, c'est déjà bien.
 " Dit Laurence.

L'équipe qui venait de se coucher fut

vite sortie des tentes. D'abord les coups, puis les hurlements des géants velus : " Wououou ! Wououou !
L'équipe attendit de les voir, car c'était de cette façon qu'ils se manifestaient. Mais cette fois, personne ne se manifesta.

" Humm ! Quelle est cette odeur ?
C'est tout simplement pas possible !
Du croissant chaud. Laurence, réveille-toi et sens cette odeur, humm, des croissants.
Wouah ! " Dit-elle.
 " J'en ai une énorme
envie ", s'émerveilla-t-elle
en se levant d'un bond.

La désillusion.

" Oh ! Oh ! C'est génial, tu nous as fait un sacré petit déjeuner ! " Dit Laurence à Dave.

" Je n'ai pas tout cela
 dans mon sac ", répondit Dave.

Toute l'équipe fut en admiration.
Il y avait sur une pierre qui servait de
table, des croissants chauds, du café et
du sucre.

" Nous ne pouvons pas rêver de la
même chose tous en même temps.
" S'exclama James.

" Hum... Ils sont délicieux.
" Dit Rex qui lui,
avait commencé à manger.

" Oui, c'est succulent. " Répondit
Laurence qui en avait fait autant.

" J'espère que ce petit déjeuner vous a
fait plaisir ? " Demanda le vieux
monsieur qui venait d'entrer.

" Oui, merci infiniment. " Répondit
James. " Voulez-vous vous joindre
à nous ? " Demanda James. Laurence
avez même cru voir un rictus sur les
lévres de James.

" Non merci. Ce déjeuner est un remerciement provenant des " géants velus " comme vous les appelez.
Ils vous remercient
pour leur avoir offert le gibier. Ils sont contents de votre discrétion,
vous comprenez ? Ils ne veulent pas être dérangés. " Dit le vieux monsieur.
" Ils n'aiment pas les questions. " Avoua-t-il. " Donc continuez comme vous l'avez fait depuis le début. Soyez discrets et poursuivez vos recherches tranquillement. "

" Ah non !
Il m'épuise à disparaître
 de cette manière. " Fit James surpris, mais pas en colère.

" Ce n'est pas grave, lui dit son épouse. Tu as entendu le message ?
 Il est clair qu'ils ne répondront pas à nos questions. " Dit Laurence. " Ils ne veulent pas faire
 " ami-ami " avec nous ! "

" Alors, qu'allons-nous faire ? "
Demanda Catherine en sirotant son
café, qui cette fois était sucré grâce
aux géants velus.
" Nous continuerons nos recherches,
ensuite nous repartirons comme nous
sommes venus. " Déclara James.

Tu es sérieux ? Lui demanda Catherine.

" Oui, absolument.
 Nous devons respecter leurs choix "
dit James,
" et souvenez-vous,
sans leur prêter attention, ils nous ont
suivis, alors continuons. "

" Génial ! " S'exclama Laurence, " c'est
une excellente tactique. "

" Allons visiter les sentiers inconnus. "
Répliqua James. " Nous devrions
trouver des empreintes que nous
pourrons analyser. "

" Regardez ! " Chuchotta Dave. " Ils
sont à nos côtés. "
– " Oui, je les ai vus. " Dit Rex.

Le vieux géant velu s'approcha et se
plaça aux côtés de Laurence.
Une voix rauque s'échappa de sa
bouche :
" Pourquoi savoir ? " Demanda-t-il.

Laurence :
" Pour apprendre, pour être meilleur et
avancer dans la bonne direction,
également pour progresser, pour avoir
un bel avenir. "

Laurence était encore sous l'émotion
 de l'avoir entendu parler.

" Non, dit-il, c'est trop tard.
 Vous avez eu le choix, ton peuple a eu
le choix, malheureusement vous
n'avez pas fait le bon. Vous préférez la
guerre à la paix, c'est beaucoup trop
tard pour vous. "

Le vieux géant velu disparut.
Laurence pleura.

" Vous avez entendu ? C'est trop tard.
Ce sont bien
des extra-terrestres comme nous le-
pensions. "

Elle demanda à l'équipe
si elle avait bien répondu.

Catherine répondit la première :
" Oui, tu as été parfaite. "

" Je n'aurais pas fait mieux, dit James
en souriant.

" C'est vrai. Moi, je n'aurais même pas
su aligner deux mots. " Répondit
Catherine.

" Je suis dégoûtée, reprit Laurence, je
pensais réellement qu'ils nous
raconteraient au moins leur histoire. "

" Nous allons rentrer à la maison.

" Dit James en l'enlaçant par la taille.
Cela nous permettra
 de faire un premier bilan et une pause
s'impose. " Ajouta-t-il.

" Oui, et j'irai voir mon médecin, car
mon rhume a atteint
mes bronches. " Dit Catherine.

Un tour de clé... Rien.
Un autre tour de clé... Rien non plus.

" Zut ! Dit James.
Nous avons un souci,
mais cela ne doit pas être grave. Il n'a
pas aimé la pluie.
" Plaisanta James
pour rassurer l'équipe.

" Je vais regarder le moteur. " Dit Rex
qui, en plus d'être agent de recherche,
était aussi mécanicien au sien du FBI
et de la CIA. " La poisse ! " S'écria Rex.
Tous les circuits sont noyés. Il a pris
l'eau en beauté. "
" On va même pas pouvoir appeler

Dylan, car les talkies-walkies sont hors circuit. " Reprit James. " Oh non ! Ce n'est vraiment pas le bon moment. Catherine fait de la fièvre, il faut vite rentrer pour qu'elle puisse voir un médecin. "

L'accident.

Catherine toussa violemment.

" Est-ce que l'hélicoptère va décoller bientôt ? " Demanda Laurence à Rex qui était en train de sécher les divers circuits.

" Je ne sais pas, dit-il, il y en a un paquet et ici, nous sommes loin des aspirateurs pour sécher. "

" D'accord, merci Rex. "

" Elle ne va pas mieux ? Demanda-t-il inquiet.

" Non, mais je crois avoir
une idée. " Répondit Laurence.

Elle alla voir James et Dave
qui eux, séchaient différentes
parties de l'hélicoptère.

" Il faut m'accompagner
avec Catherine jusqu'au lac. "

" Quoi ? Mais pourquoi ? Demanda
Dave.

– " Pour la guérir. Vous vous souvenez
comment le vieux singe velu m'a
réanimée en me plongeant dans le
lac ? Alors, c'est maintenat que nous
devons l'y emmener, maintenant, car
elle ne va pas bien ! Ok, Ok répondit
James d'un regard qu'elle ne lui
connaissait pas.

" Et si cela ne marche pas sur elle, tu
feras comment ensuite pour la
sauver ? Le lac est glacé. " Dit James.

" Je n'ai aucun moyen de la soigner ici, je n'ai pas assez d'oxygène. "

" Dans ce cas, il y a un garçon qui restera pour faire un grand feu au cas où cela ne marcherait pas. " Répliqua James.

Rex resta sur place, tandis que Laurence, Dave et James portaient Catherine dans une civière de fortune.

" Vous avez besoin d'aide ? " Demanda le vieux monsieur qui arriva d'on ne sait où.
 " Oui, mon amie ne va pas bien du tout. Nous allons au lac, car pour moi, le lac m'a sauvée. " Lui répondit Laurence.

Il recommença à pleuvoir. L'un des géants velus emporta Catherine dans ses bras et marcha devant James. Le vieux géant qui venait d'arriver, prit à son tour Catherine dans ses bras. Il regarda Laurence et lui dit :

" Vous vous êtes souvenue du lac ? Je vais la plonger comme je l'ai fait avec vous. "

" Notre hélicoptère a pris l'eau, et nos moyens de communication sont H.S. (Hors Service). " Fit James au vieux monsieur.

" Vous êtes dans une immense forêt, donc vous ne pourrez jamais communiquer avec l'extérieur. Vous auriez dû vous en douter. " Dit-il à James.
Laurence pris la parole.
" Vous êtes très intelligent, vous comprenais qu'elle est en danger de mort, alors aidez-nous s'il vous plait. Pourvu qu'elle ne meure pas,
" finit-elle par lui dire Laurence en pleurant .

" Non, personne ne va mourir aujourd'hui jeune fille. " Dit le vieux monsieur en lui prenant le menton.
" Regardez ! Dit-il en lui tournant la

tête, elle va mieux. "

" C'est un miracle ! Merci monsieur le vieux géant velu. " Dit-elle une fois arrivée à sa hauteur. Le vieux géant velu mit Catherine dans les bras d'un autre géant, et il souleva Laurence avec délicatesse.

" Nous irons plus vite comme cela. " Dit-il.

James et Dave eux aussi firent le trajet dans les bras des géants velus. Ils mirent à peine cinq minutes pour arriver à la grotte. Il y avait des boissons chaudes, de la viande qui fumait encore, et des légumes.

" Ce n'est pas moi, dit Rex, c'est la vielle dame singe.
Depuis que vous êtes partis,
il y a les pierres qui se remplissent de nourriture, et ça sent super bon. "

Ils couchèrent Catherine dans son

duvet. Elle allait bien, mais elle avait
perdu des forces.

" Il ne va pas tarder à faire nuit,
dit le vieux singe velu, mangez et
couchez-vous,
demain votre hélicoptère démarrera.
Vous pourrez rentrer chez vous. "

" En fait, il nous demande poliment
de dégager !   " Dit Rex agacé.
" Il aurait pu réparer
 l'hélicoptère maintenant tant qu'a
faire! "

" Oui, le message est clair
et nous allons déguerpir
le plus vite possible,
mais pour mieux revenir ", dit-il en
faisant un clin d'œil, a Rex

Catherine se réveilla la première, il y
avait du café des croissants, du sucre.
Elle prit un croissant avec son café
sucré. Elle regarda autour d'elle :

" C'est bizarre toute cette nourriture
ici ! " Dit-elle à voix haute.

" Oh, comme c'est bon de te revoir
dans une super forme !
 " Lui dit Laurence en l'embrassant.

" Pourquoi, j'ai été malade ?
" Lui demanda Catherine.

Laurence lui expliqua tout.

" Wouah ! Je suis une miraculée
comme toi alors ? " Dit-elle en riant.
" Ce sont de vrais
 extras terrestre ?
 " Demanda Catherine.

" Oui, ils sont tellement intelligents,
ils connaissent des lacs qui nous
guérissent,
mais ils ne veulent
pas nous aider à progresser, a nous
transmettre leur savoir, a nous les
humains. "

" Tant pis, alors
nous rentrons
aujourd'hui ? " Demanda Catherine.

– " Oui, mais nous reviendrons.
Regarde, il ne pleut plus. " Dit
Laurence. " On va pouvoir rentrer.
J'admets que je serai bien dans un
grand bain bien chaud. " Ajouta-t-elle.

Catherine lui rappela :
" Oui, et moi, je dois quand même aller
voir un médecin. "

" Oui, moi aussi. "

" Pourquoi ? Tu as été malade ? "

" Non, je n'ai pas eu mes règles depuis
plus de deux mois ". Lui répondit
Laurence.

" Whow ! Félicitations. "
" Et que félicitons-nous ? " Demanda
James qui venait de sortir de la tente.

Laurence lui répondit :
" Je suis en retard. "

" En retard de combien ? "

" Deux mois et demi. "

" Yes, c'est génial! Nous allons avoir un
bébé. " Dit-il en la faisant tournoyer
dans ses bras et il l'embrassa.

" Attends, je n'ai fait aucun test ! "

" Alors vite, il nous faut
 être sûrs. " Rétorqua James.

Rex fit une annonce à l'équipe :
" L'hélicoptère est prêt ! "

" On y va ! " Dit James.

Un tour de clé et l'engin démarra.

"Ouf ! " Dit Laurence. Nous allons
retrouver nos maisons.

Une dizaine de minutes plus tard,
l'hélicoptère se mit à tousser,
encore et encore, ensuite James
marmonna dans le micro un truc du
genre : "Les voyants sont tous
rouges ! " Puis il a crié :
" ON VA S'ÉCRASER ! CRAMPONNEZ-
VOUS ! " Et puis, plus rien...

D'abord le calme suivi
de hurlements, l'hélicoptère s'était
écrasé en pleine forêt, disloqué, coupé
en deux...

" JAMES !... JAMES !... CATHERINE !...
CATHERINE !... RÉPONDEZ-MOI !
IL Y A QUELQU'UN ? Hurla Laurence.
JE VOUS EN SUPPLIE,
 EST-CE QUE QUELQU'UN M'ENTEND ?
JE SUIS COINCÉE, OU ÊTES-VOUS ? "

Personne ne répondit.
Je dois être sérieusement blessée,
se dit Laurence. Elle percevait le gout
du sang dans sa bouche. Elle se mit de
nouveau à crier :

" REX !... DAVE !...
QUELQU'UN M'ENTEND ?
S'IL VOUS PLAIT, AIDEZ-MOI, JE SUIS
GRIÈVEMENT BLESSÉE...
Je souffre... Ma tête me fait mal et je
ne sens plus mes jambes. Je suis
coincée dans le cockpit. " Dit-elle dans
un ultime effort et elle s'endormit.

À son réveil...
" Je suis seule à être en vie ? " Se
demanda Laurence en pleurant. " Non,
ce n'est qu'un cauchemar. Je vais me
réveiller !
" Mais elle se souvint distinctement
des derniers mots de son mari " on va
s'écraser". Ces mots lui martelèrent la
tête.

James, quant à lui, hurlait de douleur. Il
essaya de bouger, mais la douleur
était insupportable, il était dans l'autre
morceau de la cabine, à l'avant. Il avait
les jambes sectionnées à plusieurs
niveaux. Ce qui le gardait en vie,
c'était le tableau de bord qui lui

compressait les jambes et empêchait qu'il se vide de son sang.

Dave, lui, était dans un profond coma. Il avait été éjecté du cockpit et était allongé à même le sol.

Rex avait été projeté dans un arbre. Il ne souffrait pas mais ne sentait ni ses jambes, ni ses bras. Il ne se souvenait plus de rien. Il essaya de bouger, mais rien ne fonctionnait. Il avait crié " À L'AIDE !" à plusieurs reprises, mais en vain. Trop fatigué pour continuer, il resta la tête bien calée et ferma les yeux. " Le temps passerait vite de cette façon " S'était-il dit.

Catherine ne pouvait pas crier, aucun son ne sortait de sa bouche, aucun de ses membres n'avait répondu lorsqu'elle avait essayé de bouger pour secourir Laurence. Elle l'avait entendue hurler. " Mon Dieu, se dit-elle, que s'est-il passé ? Où sommes-nous ? J'arrive à penser, c'est déjà bon signe,

se rassura-t-elle, mais je ne peux rien
faire d'autre qu'attendre, attendre quoi
d'ailleurs puisque personne, à part
Laurence et moi avons survécu, et
maintenant Laurence ne criait plus.
" Une grande expédition ! " Se dit-elle.

Le vieux géant velu
et le vieux monsieur avaient entendu
les plaintes de Laurence et de James.
Le vieux géant velu appela sa tribu :
" WOOOOOH ! WOOOOOH !

Plus d'une centaine d'entre eux
avaient répondu à l'appel. Ils se
rassemblèrent autour du vieux géant
velu.
" Ils se sont écrasés. " Annonce-t-il à
l'ensemble de ses semblables. " Il faut
les retrouver, surtout la fille Laurence,
elle attend un de nos enfants.
Récupérez-les tous, nous aviserons
ensuite pour les autres. Allez,
maintenant au travail ! Dépêchons-
nous ! "

Ils suivirent les empreintes et les
odeurs.

" Il y a beaucoup de sang par ici.
" Dit un géant velu. Il s'approcha.
" Venez, il y a un mâle ici . " Dit-il.
" Portez-le jusqu'au vaisseau,
et commencez les préparatifs. " Dit le
vieux géant velu.

Ils trouvèrent James en premier, Dave,
ensuite Catherine, Laurence, et enfin
Rex. Tous étaient entre la vie et la
mort. James se réveilla et la première
chose qu'il vit, fut une lumière bleue, il
ne se rappelait de rien.

" Où suis-je ? Y'a quelqu'un ?
Répondez-moi ! "

Un homme d'un certain âge vint le voir.
" Il faut vous calmer. " Lui dit-il.
" Sinon, vous ne guérirez pas. Vos
blessures risquent de se ré-ouvrir. "

" Je suis où là ? " Dit-il. " Et vous, qui

êtes-vous ? "

" Vous le saurez, bientôt. " Dit le vieux monsieur. " Fermez les yeux. "

James sombra.

Dave dormait profondément, il avait fait un cauchemar dans lequel il venait d'avoir un accident d'hélicoptère.

Rex avait les yeux ouverts, mais ne pouvait pas bouger. Il voyait des créatures bizarres, qui gigotaient autour de lui. " Ils sont toujours bizarres mes rêves. " Se dit-il. " Les créatures n'étaient pas effrayantes, mais ce sont leurs façons de bouger qui faisaient flipper, comme des lézards qui se déplacent le ventre au sol. Ils avaient des yeux en forme de bille et le contour en amande, leurs mains étaient gigantesques, ils ne parlaient pas la même langue que nous, une langue inconnue.
 " Il se demanda ce qu'ils lui faisaient.

Dave entendait Laurence qui gémissait, et qui demander où était James.
" Laurence ! Laurence !
C'est Dave, tu m'entends ?

" Oui. Seigneur que nous est-il arrivé ? " Demanda-t-elle effrayée.
 " Un crash d'hélicoptère ! Oh non ! Où est James ? Il ne me répond pas, je ne sais pas s'il est en vie, et Catherine, et Rex ? "

La voix du vieux monsieur résonna. " Il ira mieux bientôt. "

" Et les autres ? Demanda Laurence. "

" Eux aussi. Vous devez vous rendormir maintenant jeune fille. "

Catherine se réveilla doucement, elle était en pleine forme, elle ouvrit la tente et sortit en baillant. Dave et Rex étaient installés tranquillement autour d'un café. " Bonjour, lui dirent les garçons, tu as bien dormi ? " Lui demanda Dave.

" Oui, mais j'ai fait un sacré cauchemar, un accident je ne sais plus trop, mais cela m'a réveillée plusieurs fois dans la nuit. "

Laurence et James sortirent à leur tour de leur tente.

" Bonjour, dit-il, c'est aujourd'hui le grand jour, direction maison ! "

" Oui, j'en ai besoin, dit Catherine, mon mari me manque. "

Laurence la serra dans ses bras.
" Je te comprends. "

" Bon, tout le monde est prêt ? Nous n'avons rien oublié ? Demanda James. Non, je viens de faire le tour de la grotte, on peut décoller. Allez tout le monde à bord. " Ordonna-t-il alors qu'il avait ouvert la porte de l'hélicoptère.

Laurence avait comme un mauvais
pressentiment.
" Tu es sûr que tout est ok ?
Plus de fils mouillés ? " Demanda-t-elle
à Rex.

" Non, aucun souci. "

Son mari la rassura :
" Nous serons vite arrivés, tu ne verras
même pas le temps passer. "

L'hélicoptère démarra du premier
coup.

" Ouf ! " Fit Laurence soulagée.

" Nous survolons la forêt bleue. "
Annonça James au micro. Profitez de la
vue. "

Le retour fut silencieux,
même Laurence avait dormi tout le
long du trajet

" Ho la la ! Je devais vraiment être fatiguée pour dormir dans un hélicoptère. " Dit-elle en bâillant et en descendant les marches. Dave la soutenait pour descendre les trois marches de l'hélicoptère.
" J'ai vraiment besoin de repos. " Dit-elle à Dave en le remerciant de la tendre attention qu'il avait eue pour elle.

James vérifiait si tout était éteint dans le cockpit.

Dylan vint les rejoindre.
À son air, il ne paraissait pas très content, se dit Laurence.

" Il est arrivé quelque chose aux chevaux ? " lui demanda-t-elle dès qu'il arriva à sa hauteur ?

" Non, lui répondit Dylan, ils vont bien,
mais toi, tu as une petite mine ! "

" Oui, je vais prendre un bain et me
coucher. " Répondit-elle.

" Et c'est tout ? " Lui Demanda-t-il en la
voyant s'éloigner.

" Oui pourquoi ? James te fera un
compte-rendu comme c'était prévu. "

" Mais c'est incroyable
 quand même !
Vous disparaissez pendant cinq mois et
c'est tout ce que tu trouves à me dire ?
J'hallucine ! " Dit-il en se mettant les
mains dans les cheveux.
" Tout le monde est à votre recherche
depuis plus de quatre mois. "

" Mais d'abord, je vais prendre un
bain. "

" Calme-toi ! " Lui dit James qui était
derrière lui. " Tu oublies à qui tu parles,

ne devient pas désagréable ! "

" Vous avez tous disjoncté ou vous avez fumé un joint en bande ?

" Non. "

" Je me trompe ? "

" Allez, va voir au bureau si j'y suis ! Nous aurons, une discussion lorsque nous serons reposés et hydratés. " Répondit James qui était furieux.

Une fois rentrés chez eux, James fit couler un bain, ils prirent le bain ensemble.

" Hmmm, cela fait un bien fou. " Dit Laurence.

Ensuite ils mangèrent un morceau, une omelette faite avec les œufs que venait de leur apporter la voisine.

" Contente que vous soyez sains et

saufs. "

Elle repartit comme elle était venue, sans attendre la moindre réponse.

C'est Catherine qui appela la première :
" Laurence, je ne te dérange pas ? "
" Non, je viens de boire un vrai café. " Dit-elle.
" Est-ce que vous connaissez la nouvelle ? "
" Quelle nouvelle ?
Attends, je mets le haut-parleur pour que James écoute lui aussi. "
" Nous avons disparu
 pendant cinq mois... "
" Pardon ! " S'exclama James.
" Oui, cinq mois sans donner de nos nouvelles. Mon mari m'a tout expliquée hier soir, il a failli faire une crise cardiaque en me voyant. Nous sommes même passés aux actualités en tant que personnes disparues. "
" Il faut que j'aille

tout de suite au bureau. " Dit James.
" Oui, vas-y mon chéri. "
" Wouah ! "
Répondit Laurence à Catherine.
 " Mais comment cela
est-il possible ?
" Demanda-t-elle.
" Peut-être
que nous avons perdu
la notion du temps ! "
" Oui, je ne vois que ça. " Dit
Catherine. Je bois un dernier café et je
vais au laboratoire.
" OK ! Lui répondit Catherine.
Je t'y rejoins. "
Laurence appela Dave
et lui expliqua vaguement la situation.
Elle lui donna rendez-vous au
laboratoire.

" Voilà le topo. " Dit James à l'équipe.
" Nous sommes partis en septembre,
et nous sommes le dix mars ! Mes
ordres donnés à mon équipe étaient
que, si à la fin octobre,
nous n'étions pas rentrés, ils devaient

venir nous chercher. Ce qu'ils ont fait. Ils nous ont cherchés pendant quatre mois, jours et nuits. Ensuite, les recherches ont cessé. Nous sommes, aux yeux de la population, disparus dans la forêt bleue. Alors dans un premier temps, mon travail et d'informer la presse de notre retour. À ce sujet, si l'on vous interroge,
 vous y étiez pour
découvrir la grandeur
de la forêt et y recenser les animaux.

Consternation

Dylan entra juste au moment où James venait de mettre fin à la réunion.

" Je vous dois des excuses dit Dylan, je n'aurais pas dû vous sermonner de la sorte, mais j'étais hors de moi, je croyais vraiment vous avoir tous perdus. "

C'est Laurence, la première,
qui alla au-devant de lui.

" Non, nous aussi nous te devons des
excuses, nous aurions dû t'écouter.
" Lui dit-elle en le serrant dans ses
bras.

Catherine, suivie de Dave
 et Rex lui présentèrent des excuses.

" Bon, que s'est-il passé ? "

Toute l'équipe se regarda et Catherine
parla la première.

" Eh bien, nous sommes d'avis,
Laurence et moi, que nous avons perdu
la notion du temps. "
" OK ! " Répliqua Dylan en se
retournant vers James.
" Je ne sais pas, il s'est passé une foule
de choses, et oui, peut-être que nous
avons oublié le temps. "

James lui expliqua tout ce qu'il s'était

passé. L'équipe écouta sans intervenir, car rien ne manquait : les corps retrouvés de Sylvie et Jim, le gros rhume de Catherine, en passant par le gibier tué à l'aide d'arcs fabriqués de leurs propres mains. Mais Catherine fronça les sourcils.

" Tu as quelque chose à ajouter ? " Lui demanda James.
" Le gibier pour qui ? Pas pour nous ! " Dit-elle.
" Effectivement. " Répondit Dave, car moi, je n'aime pas le gibier, quel qu'il soit ! "
" Je ne me souviens que de cela.
" Dit James.
" J'ai fait une vidéo des informations sur votre disparition, regardez. " Proposa Dylan qui mit en marche le magnétoscope :
" Alors qu'une équipe qui procédait à des recherches sur de nouvelles plantes et recensait des animaux, celle-ci a disparu depuis cinq mois. L'armée vient d'arrêter les recherches

ce jour. Il n'y a aucun espoir de les retrouver vivants. "

Tout le monde se retourna vers Catherine qui pleurait devant l'énoncé de la journaliste.
" Mon mari a cru que j'étais morte. " Dit-elle. " Il a vécu un véritable enfer. "

Laurence la serra fort dans ses bras pour l'apaiser.

" Juste une question ? " Demanda Dylan. " Pourquoi on ne vous a pas retrouvés ? Nous avons survolé la forêt bleue de long en large,
 jour comme nuit pendant quatre mois. "
" Non, ce n'est pas possible avec la carte, vous auriez dû nous retrouver.'
 " Nous ne l'avions pas cette carte.
" Intervint Dylan.
" Nous l'avons cherchée dans ton bureau, partout, et du coup, on est partis en ayant pris soin de faire notre propre carte, en traçant un schéma. "

" Pourtant, je te l'ai laissée
sur mon bureau ! " Déclara James.
" C'est pour cela que vous ne nous
avez pas retrouvés. " Fit-il un peu en
colère.
" On vous a appelés avec les talkies-
walkies et là non plus, rien, silence
radio. " Expliqua Dylan. " Et pourtant
c'était les plus puissants. "
" Je suis désolé. " Dit James. " Je n'ai
aucune réponse pour cela. "
" Je suis désolée de vous laisser, mais
j'ai un rendez-vous avec mon
gynécologue. Est-ce que tu veux venir
avec moi ? Demanda Laurence à son
mari.
" Oui, je te suis. "
" Tu es enceinte ? " Demanda Dylan. "
" Je pense que oui." Lui répondit-elle en
lui montrant avec un grand sourire, son
ventre qui était bien arrondi.
" Félicitations à vous deux !" Dit-il en
embrassant Laurence et James.
" Tu m'appelleras ?" Lui demanda
Catherine.
" Oui, et nous aussi on veut tout

savoir." Dit Dave.

Au résultat de l'échographie, le médecin fit une mou qui stressa Laurence.

" Docteur, s'il y a quelque chose qui ne va pas, je veux le savoir !"
" Non, juste une différence de grandeur sur les deux."
" Sur les deux ?" S'interrogèrent Laurence et James en même temps.
" Oui, félicitations ! Vous êtes enceinte de jumeaux."
" Oh ! C'est génial.
" S'exclama James. "Enfin. C'est génial, n'est-ce pas ma chérie ?
" Demanda-t'il à sa femme qui avait encore les yeux écarquillés.
" Oui, laisse-moi le temps de digérer les informations." Dit-elle en riant.
" Oui, c'est merveilleux !
" Dit-elle en embrassant son mari.

Après la stupeur, la question :
" De combien de mois suis-je enceinte

docteur ?"

" La longueur du fœtus est environ 7 fois celle du fémur. Le poids du fœtus est calculé en utilisant la distance entre les oreilles - ou diamètre biparental et la circonférence de l'abdomen.

Dans les deux cas, les résultats sont approximatifs, mais il vous faudra faire des examens complémentaires, car les deux bébés ont une taille et une morphologie différentes. Pour moi, je dirais six mois ou six mois et demi."

" Mais c'est grave cette différence, pour que vous vouliez que je fasse des examens supplémentaire ?"

"Non, ce n'est pas grave, mais vous accoucherez peut-être deux fois, c'est pour cela que les examens sont importants."

" Mais comment cela est-il possible ? " S'interrogea Laurence un peu apeurée.

" Cela ne s'explique pas toujours, cela arrive même si c'est rare. Ce n'est rien vous verrez, il faut juste prendre des

précautions. " Lui dit le médecin. " J'aimerais vous voir une fois par semaine, pour suivre l'évolution et décider d'une date d'accouchement. En attendant, plus d'excursion en forêt bleue." Lui dit-il en lui faisant un clin d'œil.
" C'est vrai que j'ai eu une appréhension lorsqu'il nous a annoncés pas un, mais deux bébés.
" Dit Laurence à James qui lui demandait comment elle allait après l'annonce.
" C'est pour cela que tu étais si fatiguée, ils te pompent, toute ton énergie." Lui dit-il avec son sourire charmeur.
" Je me sens bien tu sais, à part la fatigue." Lui dit-elle. " Je suis épanouie, j'aime cette grossesse, même si je ne pourrais pas retourner dans la forêt bleue.
Et toi, tu n'as pas eu l'air inquiet à l'annonce des jumeaux ?"
" Non, car je suis un futur papa épanoui." Dit-il en riant, et il embrassa

sa femme.

Après l'annonce au journal télévisé, l'équipe se réunit à nouveau pour, cette fois-ci, faire un bilan sur l'expédition.

" La grande question est de savoir où sont les cinq mois perdus." Commença Catherine.
" Je suis sûre que nous avons tellement arpenté les sentiers, qu'effectivement, nous avons perdu toute notion d'espace-temps." Déclara Laurence.
"N'oublions pas que nous avons trouvé les corps de Sylvie et de Jim. Ensuite, il a fallu creuser un trou pour les enterrer." Dit-elle.
" Oui, et même que nous avons dû récupérer des morceaux à différents endroits, ce qui nous a pris du temps." Expliqua Rex.
"Oui, la gravure aussi a pris pas mal de temps, nous avons fait cela avec des objets trouvés en plus." Expliqua Dave.
"Ensuite la panne de l'hélicoptère, et

Catherine qui n'allait pas bien."
" Moi, je suis certaine que nous avons
vraiment perdu "l'espace-temps",
d'ailleurs, qui de nous, s'est demandé
quel jour,
on était ?
Eh bien, personne.
" Expliqua Laurence.
" Oui, c'est vrai." Dit James. "Bon, tout
ce que nous avons trouvé est parti au
laboratoire. Pour ce qui est des poils et
des crottes, c'est vous les filles qui
allez vous en occuper, ensuite les
vidéos et les photos sont parties chez
l'un de nos experts en identification.
Pour ce qui, est de Laurence et moi,
nous sommes heureux de vous
annoncer que nous serons parents
bientôt."
" Féli..."
" Attends !" Dit-il à Dave qui allait
parler. "Nous attendons des jumeaux !"
" Super ! Félicitations." Dit Dave, je
viendrai te donner un coup de main de
temps en temps, si tu as besoin."
"Merci, tu es un amour et je retiens ta

requête." Dit-elle en riant.

Une fois les embrassades
 et félicitations terminées.

"Au fait, je voulais te dire un truc,
enfin, un rêve que j'ai fait ou plutôt un
cauchemar." Dit-il à Laurence. "Tu étais
allongée sur une table où il y avait de
la lumière bleue, tu me demandais où
était James, en ajoutant que nous
avions eu un crash d'hélicoptère.
C'était horrible." Dit-il.
"Vous êtes sérieux ?" S'étonna Rex
avec une drôle de voix.
" Moi aussi, j'ai fait
ce genre de cauchemar.
On s'était crachés et j'étais dans un
arbre.
Je voyais ma dernière heure arriver."

James les regarda, perplexe.

"Moi rien, je n'ai fait aucun rêve, cela
arrive.
" Dit-il. "Nous avons eu une panne et

votre subconscient s'en est souvenu, je ne vois que ça."

" Ouais, mais les cinq mois manquants ne pourraient pas venir d'un crash et nos guérisseurs ne veulent pas que l'on se souvienne." Suggéra Dave.
" Je suis d'accord avec toi." Répondit Catherine, car ce ne peut pas être une coïncidence tous ces cauchemars, je m'en souviens bien. J'étais terrorisée, car je n'avais pas mon mari à mes côtés, et le vieux monsieur qui me disait que tout irait bien, que Laurence aurait de magnifiques bébés, comment aurais-je pu savoir qu'elle attendait des jumeaux ?"
"Oh la la !" Répondit James. "Nous allons nous reposer et nous en reparlerons demain si tu le veux bien, car nous devons prendre d'autres rendez-vous avec le médecin pour suivre la croissance des jumeaux."
" Rassure-moi, ils vont bien ?
" Lui demanda Catherine.

"Oui. C'est juste pour savoir s'il y aura
deux accouchements ou un seul et
prévoir." Répondit Laurence.
"Ok, tu m'appelleras pour les news ?"
"Ok, ça marche !" Répondit Laurence.
– " C'est simple." Dit Dave. "Nous
aurons des réponses à nos questions,
avec les films et les photos, nous
pourrons travailler. "
" J'ai une preuve !" Dit-elle.
" C'est mon mari qui a découvert cela."

Elle souleva ses cheveux et on pouvait
voir une grande cicatrice sur toute la
surface de la tête.

"Je peux vous certifier que je
ne me suis jamais faite
opérer de la tête.
" Précisa-t-elle.
 "Mais ce n'est pas tout !
 Regardez mes jambes, il y a sur
chaque côté droit, des petites piqûres,
comme si on m'avait fait des
injections."

"En effet, dit James, c'est plutôt inquiétant, d'autant plus que vous n'allez pas me croire, mais l'expert n'a rien trouvé sur les appareils photo, pas de photo, ni de vidéo. Là, nous sommes sûrs que ce sont des extra-terrestres que nous avons côtoyés." Dit James un peu dépité. "Nous allons tous faire des batteries d'examens au sein du FBI, cela nous permettra d'avoir des preuves que nous avons été en contact avec des extra-terrestres, enfin j'espère." Dit-il.
"Pfff, j'en ai déjà pas mal à faire." Répondit Laurence. James lui proposa : "Tu peux passer en dernière si tu veux, cela devrait te laisser un peu de répit, mais tu dois vraiment les faire ma chérie. Pour en revenir aux appareils du coup, nous les avons réessayés et ils étaient fonctionnels. C'est moche, car j'avais filmé les dessins de la grotte et les glyphes."
"Mince ! Hier encore, je ne me souvenais pas de cela." Dit-elle.
"C'est pour cela qu'il y a désormais le

site, j'ai vu ton article Laurence, il est impressionnant et correspond à mon cauchemar."
"Wouah !" S'exclama-t-elle en le regardant. "C'est vrai, nous nous sommes crashés." Précisa-t-elle.
"Alors moi, j'avais pris plusieurs plantes avec les racines, celles qui t'ont guérie miraculeusement Catherine, tu t'en souviens ?"
"Oui bien sûr, et j'avais certainement une pneumonie.
" Se rappela Catherine.
"Oui, c'est fort probable, eh bien je suis en train de les faire pousser. J'en ai donné au laboratoire du FBI
qui lui, recherche les plantes médicinales existantes, j'attends les résultats."
"Super !" Dit James. "Tu ne m'en avais pas parlé ?"
"Non, c'est vrai. J'ai oublié, avec tout ce qu'il m'arrive !"
"Oui, ce n'est pas grave chérie."
"Et moi, dit Dave, j'ai une clé usb qui contient une vidéo

des géants velus
lorsqu'ils nous accompagnaient à la
grotte."
"C'est super !
" Dit James.
"Tu pourras m'en faire une copie ?"
"J'ai même mieux, regardez, venez
tous à mes côtés.
" Et il mit en route une vidéo.
"Oh oui, ce sont eux, nous n'avons rien
inventé." Dit Rex.
"Regarde Laurence, comment il te
regarde le vieux géant velu ! Je vais
créer un site que pour l'équipe." Dit
Rex.
 "Nous pourrons mettre chacun, ce
dont nous nous rappelons. Qu'en dites-
vous ?"
"Oui, ce serait bien, effectivement car
moi, il y a des choses qui me
reviennent par bribes." Dit Laurence.
"Comme moi, répondit Catherine, alors
je le construis ce soir, je vous enverrai
un e-mail avec le mot de passe."
"D'accord !" Dit Laurence.

James était pensif.

"James n'a rien dit au sujet du site." Dit Laurence à Catherine une fois que James était reparti.
"Il n'aime peut-être pas l'idée."
"Oui, mais dans ce cas, il l'aurait dit ?"
"Vous venez manger
à la maison demain ?
" Demanda Catherine à l'équipe.
"Vous pourrez vous baigner
dans notre belle piscine."
"Chouette !
Oui, avec plaisir." Dit Laurence.
"Vous serez là aussi ?
" Demanda Catherine à Rex et Dave.
"Oui, dit Dave, on va
 s'éclater, et je m'occupe du dessert."
"D'accord." Répondit-elle.

"C'est moi qui ferai le premier plongeon." Dit Laurence, et un plouf retentit.
"Elle était impatiente de venir juste pour la piscine." Dit-il en riant.

"Oui, elle en a besoin.
" Répondit Catherine. "C'est épuisant
la grossesse, surtout gémellaire."
"Oui, en effet, mais ça va, elle se sent
bien.
Fatiguée, mais
sans autres désagréments
comme les nausées."
"Oui heureusement, lui répondit
Catherine, je te laisse avec Frank vous
pourrez papoter un peu, il ne se sent
pas à l'aise parmi vous tous."
"Oui, je comprends. Je vais aller l'aider
au barbecue."
"Regarde, comme mes
 bébés sont contents.
" Dit Laurence à Catherine en lui
prenant la main et en la mettant sur
son ventre.
"Whow ! Ça gigote là-dedans." Dit-elle.
"Coucou les garçons, c'est tatie
Catherine !"
"Pourquoi les garçons ?
" Demanda Laurence.
"J'en sais rien, j'ai dit ça comme cela."
"Oui, c'est bizarre." Dit Catherine.

"Une intuition peut-être."
Elles rirent de bon cœur.
"Tu sais,
dit Catherine à Laurence, nous y
pensons nous aussi."
"C'est vrai ?
Ce serait super,
ils grandiraient ensemble nos bébés."
"Oui, maintenant que nous avons
chacun
un emploi stable, notre maison est
finie de payer."
"Alors qu'attendez-vous ?
" Lui demanda Laurence en lui tapotant
l'épaule.
"J'ai une grande nouvelle." Dit James
en faisant du bruit avec une cuillère en
bois qu'il frappait sur un chaudron en
inox.
"Désormais, notre équipe
ne comportera plus cinq personne,
mais six personnes.
 Frank vient maintenant
de rejoindre l'équipe, il sera chargé de
la compréhension du savoir que nous
n'avons pas, mais que les extra

terrestres ont.
En gros, il sera celui qui connaît le
mieux les extra-terrestres et nous
aidera à mieux les comprendre pour
peut-être
 entamer un réel dialogue avec eux."
"Merci." Dit Catherine à James
 en l'embrassant sur la joue.
"Non, ne me remercie pas, il est très
calé, il en connaît beaucoup sur eux."
Dit-il.
"Oui,
il regarde toutes les émissions
qui en parlent,
et lui-même n'arrête pas d'en parler
parfois, il me saoule." Répondit-elle en
riant.

James avait pris rendez-vous à l'hôpital
du FBI, pour les examens que Laurence
devait faire pour sa grossesse
gémellaire.

"Bonjour Laurence." Dit le médecin en
lui serrant la main. "Comment vous
sentez-vous depuis la dernière fois ?"

Lui demanda-t-il.
"Oh, mais c'est vous qui allez me le dire." Dit-elle en riant.
"C'est lors de la première échographie que se joue la suite du suivi de votre grossesse gémellaire,
 car il existe différents types de grossesses qui ne requièrent pas le même suivi. Le but étant de ne pas vous faire
 venir souvent pour rien.
Comme il vous manque la première échographie, nous allons devoir vous faire une amniocenthése.
C'est un prélèvement sous anesthésie locale, cela nous permettra de savoir si tout va bien, je veux parler de la croissance des bébés. Chez vous apparemment, un bébé grandit plus vite que l'autre. Je vous rassure cela arrive de temps en temps."
"Ok, allons-y docteur, je suis prête. J'aurai les résultats quand ?" Demanda Laurence une fois l'examen terminé.
"Disons, dans quelques jours, je vous appellerai et nous ferons le point.

Détendez-vous, c'est le plus important."
"Il te l'aurait dit s'il y avait quelque chose. Il t'aurait gardée pour faire plus d'examens." Dit James à son épouse qui était soucieuse. "Tu sais quoi ? Je connais un bar où il fond de délicieuses crêpes avec différents coulis de fruits, nous allons en dévorer plusieurs." Dit-il.
"Merci mon chéri, lui dit Laurence, tu es un vrai gourmand." Dit-elle dans un fou rire.

Le bar n'était vraiment pas loin et James avait raison, les crêpes étaient vraiment délicieuses.

"Les bébés en raffolent, j'en ai mangé trois avec des coulis différents, tu te rends compte ? Miam miam. C'est une super idée, je vais y revenir souvent."

La révélation.

"Je me suis bien régalée. Maintenant, j'ai envie de rentrer et me reposer."
"Ok, on y va." Répondit James. Attends-moi ici, je vais chercher la voiture."

Les bébés bougeaient dans tous les sens. Elle prit la main de son mari et la plaça sur son ventre.

"Mon dieu ! Dit-il. Ce sont soit des hyper actifs ou très réactifs à la bonne cuisine."
"Oui, ils ont adoré." Dit James.

Le premier à faire les examens, pour voir les anciennes blessures dues au crash de l'hélicoptère fut Rex. Le verdict du médecin fut sans appel : "multiples fractures de la colonne vertébrale ressoudées, traumatisme crânien, boîte crânienne fissurée à plusieurs endroits.
Pour Dave : "Fissures multiples sur la boite crânienne."

Catherine, elle, avait eu "les jambes

brisées à plusieurs endroits, et les bras
avaient été arrachés".
Personne ne parla après l'annonce de
James :
"J'ai fait appel à un spécialiste
 de la reconstruction du corps, il va
vous expliquer ce qu'il vous est arrivé.
Je vous présente le professeur Haidie."
"Bonjour, c'est moi qui ai été
en charge de la lecture de
vos dossiers médicaux.
Je vous explique d'abord jusqu'où l'on
peut reconstruire le corps humain.
 Nous savons remplacer un cœur
humain par un cœur artificiel,
les membres par des prothèses,
nous savons remplacer les yeux par
des implants visuels, "des billes"
en quelque sorte. Enfin voilà, ma
synthèse faite : Vous devriez être tous
morts !

Rex, avec toutes les fractures
présentes sur sa colonne vertébrale,
 vous n'auriez pas survécu
 à cela, vous seriez mort !

Dave, votre boîte crânienne
était une passoire, il y a plusieurs
fractures, à huit endroits, vous devriez
être mort.

Catherine, vos membres inférieurs et
supérieurs ont été arrachés, ainsi que
vos poumons. Vous devriez être
morte !

"Je suis dur dans mes propos, mais
c'est la réalité. Mon compte-rendu de
tous vos examens, c'est que personne
au monde n'est capable de réparer
tout cela, et vous vous rendez compte
que cela est arrivé "dans une forêt". Je
vais devoir vous faire passer un test
psychologique."

James le remercia en le
raccompagnant à la sortie.
"J'ai préféré que ce
soit lui qui vous explique." Dit James.
"Il travaille au sein de la CIA."

Laurence fit un malaise. Heureusement
que Dave a pu la retenir, sans cela elle
se serait cognée la tête sur
l'encadrement de la porte.

"C'est trop pour elle." Dit Dave.
"Oui, tu as raison.
Je vais la ramener à la maison."

En partant, James salua l'équipe en
leur disant : "à demain, ici,
huit heures". Laurence se sentit
un peu mieux après
une douche et un repas.
Ensuite elle alla se coucher.

"Je serai dans mon bureau si tu as
besoin de moi ma chérie."
Lui dit-il en l'embrassant et en la
bordant.

Laurence entendit deux personnes
qui discutaient, mais elle ne
comprenait pas le langage.
Elle se leva pour aller voir. Elle n'en
revenait pas !

James discutait avec le vieux géant
velu, celui qui l'avait fait revivre.
Ils discutaient comme si c'étaient deux
amis de longue date.
Il n'y avait pas d'agressivité dans leurs
voix. C'est le vieux géant velu
qui remarqua Laurence le premier.

"Tout va bien ma chérie, dit James qui
venait de se retourner sur elle,
tu devais te recoucher.
Notre ami voulait savoir comment tu
allais."

"Je refais un rêve bizarre" se dit-elle.
 Mais elle se pinça, non elle ne rêvait
pas ! Le vieux géant lui fit un sourire et
disparut.

"Je ne comprends pas, je dois être folle
!"
"Non, tu ne l'es pas.
Assieds-toi, je vais essayer de
t'expliquer."
Lui dit James d'une voix que Laurence
ne lui connaissait pas.

"Effectivement,
c'était bien une conversation amicale,
car c'est mon père.
Oui, le géant velu est mon père." Dit-il.
"D'accord ! Pourquoi ce déguisement ?
Pourquoi nous faire croire au géant
velu ?"
"Non, ce n'est pas un costume ma
chérie, c'est un extra-terrestre,
un géant velu, comme on nous
surnomme."

James, pour la première fois, eut peur
de perdre sa bien-aimée.
Il l'aimait tellement plus qu'il ne
l'aurait dû.
Il suspendit le temps pour Laurence.
Il fallait que son père l'aide.

"Tu dois tout lui expliquer fils,
si tu veux qu'elle te suive. De toutes
façons, ce sera son choix. Soit elle
reste, ou elle accepte de vivre parmi
nous. Nous ne pouvons pas l'y forcer."

"Jamais elle ne voudra venir père, j'en

suis sûr je vais la perdre à tout jamais, elle et mes enfants, car ce sont mes deux enfants.

"Tu sais que si elle ne veut pas nous suivre, nous ne lui prendrons qu'un enfant : le nôtre." Dit son père le géant velu. "Tu dois être convaincant. Nous partirons dès quelle aura fait son choix. Il ne nous reste pas beaucoup de temps. Nous n'en avons que quatre, sur les six humains que nous devions emmener.
" Et il disparut.
James le savait,
il n'aurait jamais dû tomber
amoureux de Laurence.
Les extra-terrestres ne tombent
pas amoureux des humains, son père
l'avait averti lorsque James
lui avait expliqué ses
sentiments pour Laurence,
mais il l'avait soutenu.

Bien que la mission était en péril à cause de lui,

il avait accepté cette mission avec
honneur.
Auparavant,
il était assistant de navigation du
vaisseau, aux côtés de son père, à la
recherche de planètes en danger. "Il
me faut argumenter." Se dit-il.

Laurence se réveilla la tête
enfarinée, comme si elle avait fait une
méga fête.

"Bonjour, ma chérie." Lui dit James. "Tu
as bien dormi ?
Tu as une meilleure mine. Regarde, lui
dit-il, je t'ai fait un super petit
déjeuner."

Il y avait des crêpes, du café,
du jus d'orange et une jolie rose
blanche au milieu de la table.

"Wouah ! Merci mon chéri, tu es un
merveilleux prince.
" Lui dit-elle en l'embrassant. "J'ai fait
un cauchemar, dit-elle, tu veux que je

te le raconte ?"
"Mange d'abord, ensuite nous
parlerons de ton cauchemar.
" Lui dit-il avec un joli sourire.
"Tu as fait des crêpes ?"
"Oui, et c'est Dave qui
m'a expliqué comment les faire.
J'ai même trouvé cela amusant." Dit-il.
"Pas mal, qu'est-ce que tu en dis ?"
"Délicieux, vraiment, tu es un cordon-
bleu. Miam ! Un vrai régal."
James,
écoutait les conseils de son père par
télépathie :
"Vas-y doucement, ne la brusque pas !
Elle est très intelligente. Elle
comprendra.
Surtout, ne lui mens pas."

"Mais elle va souffrir père ?"

"Oui, tu le savais. C'est le risque à
payer. De toutes façons, si elle reste,
elle souffrira davantage, tu le sais
et nous ne pourrons rien y faire,
elle doit faire un choix."

Laurence quitta la table pour faire la vaisselle.

"Attends !" Lui dit-il en lui prenant la main et en la guidant vers le sofa. "Je dois te parler d'une chose très importante."
"D'accord." Dit-elle. "Mais je n'aime pas cette voix, tu me fais peur."
"Il faut que tu saches que tu n'as pas fait de cauchemar."
"De quoi me parles-tu ? D'habitude, tu es plus explicite."
"Ok, je suis un extra-terrestre,
 un géant velu comme tu nous appelles."

Laurence partit dans
un fou-rire monumental, elle en pleurait. Il la laissa rire.

"Sacré James,
si tu voulais me remonter le moral,
c'est fait."
"Non, rassieds-toi."

Lui dit-il alors qu'elle se levait.
"Tu dois m'écouter et me croire.
Je viens d'une autre planète :
"Neptuna".
Elle a plus de six cents millions
d'années."

Elle allait l'interrompre, mais il lui mit
la main sur sa bouche.

"Tu dois m'écouter. Je suis venu sur
terre pour sauver trois hommes
et trois femmes.
Mon père m'a suggéré de travailler
pour le FBI et pour la CIA,
car c'est ici que je trouverai le plus
de monde qui comprendrait
la situation, dans un délai très court.
Une grande partie d'entre
eux est très intelligente, et surtout ils
ont un sang du groupe " O " positif,
 ils peuvent aider les nôtres."
Laurence se souvint que Catherine lui
avait dit qu'elle était de ce groupe là.

"En quoi ? Demanda Laurence. En quoi

ce sang peut-il vous aider ? " Je ne comprends plus rien lui dit-elle.

"À devenir physiquement comme les humains.
"Je rêve ! "

Il partit lui chercher un verre d'eau.
 Elle pleurait lorsqu'il voulut le lui donner.
"Je suis désolé, dit-il, cela ne devait pas se passer comme cela, mais je suis tombé amoureux de toi."
"Et tout va être de ma faute ! En plus, j'ai épousé un extra-terrestre, ben oui tiens, tu n'avais qu'à faire attention, idiote !
C'est cela en gros ? Et maintenant que tu m'a tout avoué, tu vas nous massacrer mes enfants et moi, comme vous l'avez fait avec Sylvie et Jim ?"
"Non, nous n'avons rien à voir là-dedans. Nous n'avons fait que démolir les caméras." Dit-il. "Ce sont des ours et des lynx qui ont fait cela, nous ne faisons de mal à personne. Nous ne

connaissons pas le mal." Dit-il.
"Alors, qu'attends-tu de moi ?
" Lui demanda-t-elle.
"Que tu viennes vivre avec moi, dans mon vaisseau avec nos enfants."

Laurence s'esclaffa de rire.

"Jamais de la vie, tu m'entends ! Ni moi, ni mes enfants irons sur ton vaisseau avec des extra-terrestres ! Maintenant, je veux que tu sortes de chez moi tout de suite !
" Lui ordonna-t-elle, et elle s'enferma dans sa chambre.
Elle se retourna et vit qu'il était à ses côtés.

"Jamais je ne te ferai de mal, je veux juste que tu me voies en extra-terrestre."

Et il devint un géant velu.

"Voilà à quoi je ressemble."

Laurence le regarda en pleurs.

"Tu vois, tu l'as dit toi-même
que nous étions plutôt beaux.
Tu t'en souviens, dans la forêt bleue ?"

Et il redevint humain, le James qu'elle
aimait.

"Aucun extra-terrestre ne vous veut du
mal, mais nous devons sauver
quelques personnes, et c'est bien pour
cela que j'ai voulu que tu travailles à
mes côtés, pour que tu fasses partie
de ces personnes." Lui expliqua James.
"Votre planète va exploser."
"Comment cela exploser ?" Lui
demanda-t-elle.
"Le soleil va entrer en collision avec la
terre, il ne restera rien, ni personne."
"Comment, vous le savez ?"
"Parce que vous n'évoluez pas. Vous
passez la quasi-totalité de votre temps
à vous battre, à démolir votre planète.
Vous ne respectez pas la terre, donc
c'est inévitable. Rien n'a été fait pour

la maintenir en vie, bien au contraire.
Tu as la chance de décider si tu veux
mourir ou vivre d'une autre façon. Fais-
vite." Lui dit-il. "Nous n'avons plus
beaucoup de temps. Je reviendrai
demain avec mon père." Et il disparut.

Après le départ de James, Laurence
appela tout de suite Dave et Catherine.

"Il faut que je vous raconte une histoire
de fou." Dit-elle.

Deux minutes suffirent à Catherine et à
Dave pour être chez Laurence.

"Wouah ! Vous êtes des rapides ! Vous
étiez déjà en chemin ? Demanda-t-elle.
Il faut que vous sachiez que James en
fait, est un extra-terrestre."
"Comme nous ?" Dit Catherine qui se
changeât en géante velue.
"Et comme cela?" à son tour,
 Dave se transforma lui aussi.

Laurence s'assit.

"Ne panique pas, respire." Lui dit
Catherine. "Nous sommes toujours
nous, en mieux."
"Il t'a demandé de faire un choix, c'est
bien cela ?" Lui demanda Dave.
"Oui."
"Écoute-moi." Lui dit Dave, nous ne te
forcerons pas à faire un choix, peu
importe lequel tu feras, nous le
respecterons." Dit-il.
"Cela fait combien de temps que vous
êtes des extra-terrestres ?"
"Depuis le crash."
"Toi aussi Catherine ?"
"Oui, ils m'ont redonné la vie, tout
comme ils l'avaient fait avec toi dans
le lac. J'étais morte." Dit Catherine.
"Mon dieu, aidez-moi.
" Implora Laurence. "Je suis
désespérée." Dit Laurence en pleurant.

Catherine et Dave lui parlèrent
doucement.
"Je suis beaucoup mieux dans ma tête
depuis que j'en suis un." Dit Dave.

"C'est exactement la même chose pour moi." Dit Catherine. "Mon mari, m'a trompée à plusieurs reprises et je le vivais très mal. Aujourd'hui, je me sens tellement bien, tu ne peux même pas imaginer. Tu vois, je n'avais plus rien à espérer de la vie sur cette terre, aujourd'hui je revis et en plus, j'ai un nouveau chez moi."
"Comment faites-vous ? Vous n'essayez même pas de vous battre pour votre terre ?"
"Si tu acceptes de venir avec nous, tu verras que pour la terre, c'est vraiment trop tard. Oui, je sais que c'est effrayant, mais tu verras cela passe très vite, car ils vont t'expliquer."
"Il va maintenant falloir prendre une décision." Insista Dave. " Il ne reste plus beaucoup de temps avant la collision."
"Et pour mes bébés ? S'interrogea Laurence.
"Tu as le choix : soit tu viens ou tu meurs avec tes bébés !"
"Que dois-je faire,

si je décide de venir avec vous ?"

James fut là, en un temps éclair avec son père.

"Nous allons t'y aider.
" Dit James. "Tu connais mon père, et ton beau-père désormais."

Le vieux géant velu souleva délicatement Laurence et ils sortirent tous ensemble. Au bout de l'allée il y avait un tunnel de couleur bleue. Ils s'y engouffrèrent.

"Elle revient à elle." Dit James.
"J'ai fait un de ces cauchemars !" Fit-elle.

Tout le monde se regarda.

– "Je rigole !" Dit-elle en embrassant le plus beau des géants velu, qui était son mari, James.

C'est le vieux géant velu qui lui présenta son peuple.

"Ici, nous sommes plus de mille cinq cents géants velus." Dit-il à Laurence en lui faisant un clin d'œil. "Et voici la maman de James : Saya et notre petit dernier, l'enfant à qui vous avez sauvé la vie. Il s'appelle Tenupti."

Le petit la reconnut et lui fit un joli sourire.

"J'ai sauvé ton petit frère."
Dit-elle à James. "C'est vrai que vous vous ressemblez.
Combien avez-vous d'enfants ?
" Demanda Laurence en s'adressant au père de James.
"Une trentaine."

Laurence cacha sa stupeur.

"Je ne les compte plus." Dit-il. "Je les reconnais lorsque je les rencontre."
"J'ai d'autres questions : Comment

vous appelez-vous ?
"Toiry." Lui répondit le vieux géant
velu.
"Comment faites-vous pour vous parler
par télépathie ?"
"Cela vient tout seul, tu verras, tu ne
t'en rendras même pas compte."
– "Et, est-ce que vous avez habité sur
la terre ?" Demanda-t-elle en le
regardant droit dans les yeux.
"Oui, j'étais ami avec ton père, un
gentil humain. Je n'ai pas pu le sauver,
car il a refusé mon aide. Je suis reparti
de la terre, car il n'y avait rien que
nous puissions faire pour la sauver."
Répondit Toiry à Laurence,
"C'est un énorme drame." Dit-il.
 "Nous avons évolué, car nous ne
sommes pas jaloux, nous ne
connaissons pas les bagarres, les
violences, et surtout nous nous aimons
tous.
Notre planète est saine, il n'y a pas de
pollution, pas de voiture, ni d'usine.
Nous n'utilisons que des matériaux
sains et naturels comme la pierre ou le

bois et si un jour cela change, que nous commençons à polluer, eh bien, nous rechercherons une autre planète. Mais cela n'arrivera pas."
"Pourquoi nous avoir effacé la mémoire à plusieurs reprises ?"
"Parce que nous ne savions pas si vous alliez venir avec nous." Lui répondit Toiry. "Nous devions prendre aussi Sylvie et Jim, mais ils ont voulu de l'argent, du pouvoir, donc nous les avons laissés repartir, en leur effaçant la mémoire, et sans que nous les aidions dans la forêt bleue. Nous ne les avons pas tués jeune fille."
"Jeune fille ! Mais c'est vous le vieux monsieur qui veniez régulièrement lire dans mes pensées ?" Demanda Laurence.
"Exact !" Dit-il avec un clin d'œil.
"Et les plantes, c'était vous aussi ?"
"Oui."

Tout était clair à présent pour Laurence, il n'y avait jamais eu de leur part un brin d'agressivité, mais ils voulaient à tout prix nous sauver. Je suis idiote d'avoir un peu douté d'eux, se dit-elle.

"Ne vous inquiétez pas, c'était un reflex naturel, le principal, c'est que vous ayez pris la bonne décision." Lui dit Toiry par télépathie.

" Hé ! Ça marche, je vous ai entendu ! "
" Oui, je sais. " Dit-il en riant.
" Et ma dernière question, qui est très importante pour moi, comment avez-vous fait pour que je devienne mi-humaine et mi-extra-terrestre ? "
" En vous partageant un peu de notre sang tout simplement. " Répondit Toiry.
" Et pour mes bébés, que va t-il se passer ? "
" Rien, ils seront comme nous, des gentils géants velus. "
" Merci d'avoir répondu à toutes mes questions ! "
"Mais il y en aura encore." Lui répondit Toiry. "Je vous connais tellement bien."

Elle partit en riant.

"Tu pilotes ?" Demanda Laurence à son mari.
"Non, je navigue ma chérie. Il faut que nous soyons le plus loin possible lors de la collision, car nous pourrions être soufflés par l'onde de choc."
"Ok, puis-je voir la collision ?" Lui demanda-elle.
"Oui, reste près de moi. Tu vois ?" Dit-il en tendant le bras vers la terre. "Et là-bas, ne la perds pas de vue car, la destruction est très rapide. Le soleil va arriver vite."

Il y eut une boule jaune, un grand éclair, et la terre disparut.
Laurence pleura pendant un long moment. James la prit dans ses bras et l'embrassa tendrement. Il attendit un peu qu'elle se calme.
" Après tout, son monde venait de disparaître à jamais. " Se dit-il."Tu vas avoir bientôt un autre chez

toi, comme la terre, mais en mieux, je
te le promets." Lui dit-il. "Tu pourras y
mettre nos enfants au monde, en toute
sécurité."
"J'aimerais voir Catherine.
" Demanda Laurence.
"Appuis sur ce bouton et demande-lui
de te rejoindre dans la cabine du
vaisseau."
"Tu as vu toi aussi la collision ?"
"Oui, c'est affreux !"
"Viens, je t'emmène voir ma demeure.
Tu vas voir comme elle est superbe."
"Oh oui bonne idée, et au fait, James,
nous avons une demeure nous aussi ?"

Il se mit à rire.

"Oui ma chérie, je t'y conduis tout à
l'heure."
"C'est un palace." Reconnut Laurence.
J'adore la décoration, tu as vraiment
beaucoup de goûts."
"Je t'aiderai si tu le veux,
à décorer la tienne."
"Oui, avec plaisir.

" Lui répondit Laurence. "Moi et la déco, cela fait deux. Tu y habites seule ?"
– "Oui, mais pas pour longtemps. Je me suis faite draguer par un super-géant velu aux yeux verts, c'est un canon." Lui raconta Catherine.
"Ce n'est pas celui qui nous suivait dans la forêt bleue ?"
"Oui, c'est lui."

Après un moment passé à visiter la demeure de Catherine, celle-ci lui demanda :
"Comment te sens-tu ?"
"Je ne sais pas trop. Un moment, je suis heureuse, et un autre, je suis triste, mais je suis certaine que j'aime James et que je suis heureuse d'être ici, avec mes amis de toujours et mes nouveaux amis, d'autant plus que maintenant, j'ai une vraie famille, le vieux géant velu, qui est le père de James devient mon beau père, sa femme, ma belle-maman, alors oui je vais bien."

Toiry, qui avait entendu la
conversation, se sentit soulagé.

"Maintenant, se dit-il, à nous de lui
offrir un vrai bonheur."
"Je suis d'accord." Dit James à son père
par télépathie.
"Bientôt, tu auras tes enfants,
ce sera différent."
"Oui, je le pense aussi."

"Wouah ! C'est magnifique !
" Dit Laurence en voyant la demeure
que lui montrait son mari.
"C'est la nôtre ma chérie, tu pourras la
décorer comme tu le veux, il te suffira
d'aller au magasin et ils te fourniront
tout ce dont tu auras besoin."
"Un magasin ?"
"Oui, nous avons des magasins. Tu
verras, ma mère se fera un plaisir de
t'y conduire. Pour l'instant, je dois
continuer mon travail, on se retrouve
tout à l'heure."
"Attends ! C'est peut-être stupide

comme question, mais je fais comment pour te reconnaître lorsque tu es en... Tu sais, en géant velu ?"
"Mon odeur chérie, mais le mieux c'est que toi aussi, tu te transformes."
 Lui dit-il en l'embrassant.
"Tu as dû bien rire lorsque je vous appelais les géants velus." Lui dit Laurence.
"Oui effectivement, même ma mère a trouvé ce nom joli. Ne t'inquiète pas, tu verras, tu vas te plaire chez nous, chez toi, de jour en jour."
 "James !"
"Oui ?"
"Tu as toujours été un géant velu ?"
"Oui ma chérie."
"Merci."
"À tout à l'heure !"

Une voix raisonna :
"En vue. Nous arrivons !"

James fit demi-tour, attrapa la main de Laurence, tira les rideaux d'un hublot.
"Regarde ma chérie !"

"Wouah, c'est magnifique.
 Où sommes-nous ?"
"Chez nous. Ici sera ta demeure, pour
le reste de tes jours."
"Wouah ! C'est magnifique."
"J'aime bien lorsque tu fais "Wouah"."
"Attends, maintenant que j'y pense,
c'est pour cela que tu poussais ce cri à
l'identique !"
"Eh oui, dit James, allez descendons. Je
vais te faire visiter et ensuite,
nous choisirons l'endroit où tu te
sentiras le mieux."
Devant cet air attendrissant,
Laurence embrassa son mari.

"Je t'aime James."
"Moi aussi ma chérie, je t'aime pour
l'éternité."

En visitant, Laurence remarqua une
chose.

"Non, il est dans le vaisseau." Lui dit
Toiry.
"Merci." Dit-elle.

"Viens." Lui dit James. "J'aurais dû te le faire visiter plus tôt notre hôpital."
"Il y a beaucoup de médecins ?
" Demanda Laurence.
"Oui, plusieurs dizaines pour chaque spécialité."

Elle reconnut le professeur qui était venu au laboratoire.
"Il est là aussi... ?"
"Il l'est ! Oui." Interrompit James.

Si Laurence avait des inquiétudes pour l'accouchement, elle n'en eut plus.

"Regarde, ici c'est la nursery."
"C'est magnifique,
je suis rassurée pour nos futurs enfants." Dit-elle à James.

Dehors, l'air était frais. Il y avait des maisons en bois, des arbres, des fleurs, de l'herbe.

"Viens, il faut que je te montre quelque

chose." Lui dit son mari.
"Un lac ! Il est immense
 et beau, je pourrais m'y baigner ?"
"Oui, lorsque tu en auras envie. Tu
pourras faire tout ce dont tu as envie
ici." Dit James. "C'est ton autre terre."

"Mon paradis" pensa Laurence en
regardant Toiry qui lui fit un clin d'œil.
Les jumeaux râlèrent :
"Non ! S'il te plaît maman,
on voudrait jouer encore un peu !"
"Ça suffit, Allia et Sowailla, vous aurez
tout le temps de jouer dehors demain.
" Dit Laurence à ses garçons,
en les embrassant chacun à leur tour.
"D'accord." Répondit Allia.

James se tenait appuyé
sur la porte de la chambre.

"Ils te font la misère ?"
"Non, ils sont adorables, juste
capricieux." Dit-elle en souriant. "Ils
n'ont qu'un an, c'est normal." Lui dit
Laurence.

"Moi, dit James, à leur âge, j'étais pire."
"Mon dieu, qu'ils ne t'entendent pas !"
"Trop tard !" Répondit Sowailla.
"Allez dors, toi !
" Lui dit son père par télépathie.

La vie était finalement la même, tout le
monde travaillait, chacun faisait ce qui
lui plaisait, sans aucune agressivité
ni méchanceté d'ailleurs, même
les nuits chaudes, ils allaient se
promener à travers la forêt.
Tout le monde se respectait et
s'entraidait. Il n'y avait pas d'usine
polluante, ni de voiture ou de camion
polluant.
Un respect total de l'environnement
était omniprésent, tous les matériaux
de construction étaient sans effet
néfaste
pour la planète. Un air pur avec de
l'eau pure. Laurence et Catherine
habitaient l'une à côté de l'autre, Dave
et Rex résidaient de l'autre côté du
pâté de maison.
 "Alors, comment te sens-tu ? Toujours

nauséeuse ?" Demanda Laurence.
"Non, le traitement a eu un effet
rapide."
"Tant mieux, vous mangez avec nous
ce soir ? Demanda Laurence.
"Oui, je ferai un gâteau." Dit Catherine.

Quelques mois plus tard, Catherine a
accouché d'une jolie petite fille :
Swousi. Quant à Dave et Rex, ils ont
adopté un garçon du même âge que
les enfants de Laurence, il s'appelle
Nathie.

Pendant le repas, Laurence dit à son
mari :
"Cela fait déjà un an et demi
que nous sommes ici.
Je regardais avec Catherine nos
photos, tu sais lorsque nous sommes
arrivés ?"
"Oui, le temps passe vite.
" Répondit James.
"Heureusement que tu es tombé
amoureux de moi, et pas
d'une autre mon James,

je suis tellement heureuse
désormais." Laurence embrassa James.

Fin

Chères Lectrices et lecteurs, où il y a
un début, on trouve une fin.
J'espère que le géant velu tome deux,
vous a plu.
Je vous dis à très vite pour un autre
roman.
Amicalement
Marie-Andrée Naulet.

Je remercie, toute ma petite famille,
de me permettre d'écrire
et d'aller au bout de mes romans .

Merci à vous chères lectrices et chers lecteurs,
 pour vos petits messages
 sur ma page professionnel facebook :
https://www.facebook.com/
auteureromanciere/

Je remercie également

mes trois chiens (deux boxers et un cane corso) de me laisser tranquille pendant mes moments d'écritures.

La confiance en moi est un élément
majeur qui me permet d'avancer.
Sans elle, rien n'aboutirait.
Marie-Andrée.

La vie est comme un livre de
majuscules, de point et de virgules.
Les points sont le début d'une chose,
et les majuscules le débuts d'une
autre.